Die drei ???®

Die drei ???®

Schatten über Hollywood

erzählt von Astrid Vollenbruch

nach einer Idee von Astrid Vollenbruch
und Dorte Schünecke

Kosmos

Umschlagillustration von Silvia Christoph, Berlin
Umschlaggestaltung von Aiga Rasch, Leinfelden-Echterdingen

Bibliografische Information der Deutschen Nationalbibliothek
Die Deutsche Nationalbibliothek verzeichnet diese Publikation in der Deutschen Nationalbibliografie; detaillierte bibliografische Daten sind im Internet über http://dnb.ddb.de abrufbar.

ISBN 978-3-440-10577-1
Redaktion: Martina Zierold
Produktion: DOPPELPUNKT Auch & Grätzbach GbR, Leonberg
Printed in the Czech Republic / Imprimé en République tchèque

Die drei ???®

Schatten über Hollywood

Peters Wette

Es war Nacht in Kalifornien. Über dem Lichtermeer von Los Angeles lag ein samtig schwarzer Himmel voller Sterne. Die Luft war angenehm kühl nach der sengenden Hitze des Tages, und Justus Jonas fragte sich vergeblich, warum er nicht zu Hause in seinem gemütlichen Bett steckte, sondern in einem Dornenstrauch, dessen Zweige ihn unbarmherzig stachen und ihm das T-Shirt zerrissen, während die scharfkantigen Steine auf dem Boden in seine Knie schnitten.
»Peter?«, sagte er leise.
Neben ihm im Gebüsch rührte sich etwas. Das war Peter Shaw, sein bester Freund und Detektivkollege, der sich hoffentlich noch viel zerstochener und zerschnittener fühlte als er selbst.
»Ja?«
»Tust du mir einen Gefallen?«
»Was denn?« Peters Stimme klang argwöhnisch.
»Solltest du noch einmal auf den Gedanken kommen, mit Jeffrey irgendeine dämliche Wette abzuschließen – beschränke dich doch bitte aufs Surfen. Da müssen Bob und ich wenigstens nicht mitkommen und auf unsere wohlverdiente Nachtruhe verzichten.«
Es blieb eine Weile still. Dann sagte Peter: »Na komm schon, Just, normalerweise bist du doch der Erste, der mitten in der Nacht komische Dinge tut.«
»Das sind keine komischen Dinge, sondern Ermittlungen im Zusammenhang mit einem Fall. Deine Initialen mitten in der Nacht auf nationale Denkmäler zu kritzeln, gehört *nicht* dazu.«
»Aber wenn ich die Wette gewinne, spendiert Jeffrey uns drei Eintrittskarten für das Peter-Gabriel-Konzert. Lockt dich das gar nicht?«

»Doch, aber ich bin trotzdem sicher, dass es eine strafbare Handlung ist.«
»Du musst es ja wissen.«
Ein dritter Dornenstrauch wackelte. »He, die Frau mit dem Hund ist weg. Kommt, weiter!«
Ächzend kroch Justus aus seiner Deckung hervor auf den Weg. Peter, der Zweite Detektiv, und Bob, der Spezialist für Recherchen, folgten und zupften sich Dornen aus T-Shirts, Hosen und Haut.
Die drei Detektive befanden sich rund einen Kilometer von den berühmten Hollywood-Buchstaben entfernt, die jetzt in der Nacht von Dutzenden von Scheinwerfern angestrahlt wurden. HOLLYWOOD stand dort, über ganz Los Angeles hinweg zu sehen. Doch von hier unten sahen die Buchstaben gar nicht so groß aus.
Bisher war der Weg nicht besonders schwierig gewesen, aber nun verließen Justus, Peter und Bob den Park und schlugen sich den Berg hinauf wieder ins Gebüsch. Schon bald kamen sie gehörig ins Schwitzen. Sie hatten zwar ihre Taschenlampen dabei, stolperten aber trotzdem immer wieder. Auf einmal rutschte Justus aus und schlitterte ein ganzes Stück nach unten. Seine Taschenlampe ging aus.
Hastig kletterten Peter und Bob zu ihm hinab. »Alles in Ordnung?«
»Ja, natürlich«, knurrte Justus. Er suchte nach seiner Lampe, fand sie und betätigte den Schalter. Es blieb dunkel. »Na wunderbar. Das setze ich dir auf die Rechnung, Peter. Wie weit ist es noch?«
Peter hielt einen sarkastischen Kommentar über Justus' Kletterkünste zurück. »Noch ein ganzes Stück den Berg hoch.«
Justus stöhnte. »Ich glaube, ich konnte Peter Gabriel noch nie leiden.«

Widerwillig kletterte er weiter. Es machte ihm gar nichts aus, sich anzustrengen, wenn es einen Fall aufzuklären gab, aber mitten in der Nacht einen Berg hinaufzuklettern, nur damit Peter sein ›P. S.‹ auf die Hollywood-Buchstaben malen konnte, war so sagenhaft idiotisch, dass er sich zum wiederholten Mal fragte, warum er sich eigentlich darauf eingelassen hatte.
Plötzlich hielt Peter an. »Hier ist ein Stacheldrahtzaun. Da müssen wir wohl durch.«
»Das hätten wir uns doch denken können«, sagte Bob. »Sie lassen natürlich nicht jeden Dahergelaufenen an die Buchstaben heran. Wir machen uns bestimmt strafbar, wenn wir da durchklettern.«
»Ach was, wir sind ja in fünf Minuten wieder draußen.« Schon schlüpfte Peter durch den Zaun. Bob folgte ihm und hielt die Drähte auseinander, damit auch Justus unbeschadet hindurchgelangte. Gleich hinter dem Zaun wurde der Berg richtig steil. Justus hatte längst die Orientierung verloren. Halbblind kämpfte er sich durch die Dunkelheit, hinter Peters und Bobs Taschenlampen her, deren Licht viel zu oft zwischen den Sträuchern verschwand.
An einem besonders steilen Abhang warteten sie auf ihn. Bob hielt ihm die Hand entgegen, um ihn hochzuziehen, aber Justus blieb keuchend stehen und verschränkte die Arme hinter dem Rücken. »Ich gehe kein Stück weiter. Das ist Wahnsinn! Dafür hätten wir eine Bergsteigerausrüstung gebraucht!«
»Mensch, Justus!«, rief Peter. »Es ist nur noch ein ganz kurzes Stück! Guck doch mal, wie weit wir schon gekommen sind!«
Justus drehte sich um. Durch die Büsche und Bäume hindurch konnte er das Lichtermeer von Los Angeles sehen. Sie waren tatsächlich schon ziemlich weit oben. »Ist mir egal«, erklärte er trotzig. »Mir reicht es jedenfalls! Ich gehe zurück!«
»Ich habe auch kein gutes Gefühl bei der Sache«, sagte Bob. »Es

gibt bestimmt noch mehr Zäune. Vielleicht sogar welche, die elektrisch geladen sind. Wir hätten wissen müssen, dass man nicht einfach so zu den Buchstaben hinmarschieren kann.«
»Na schön.« Peter war jetzt sauer. »Dann bleibt doch hier, ihr Schnecken. Ich gehe jedenfalls weiter. Bis später.« Er drehte sich um und kletterte weiter den Berg hinauf.
Justus ließ sich ächzend auf die Erde plumpsen. »Was ist denn mit dem los? Normalerweise lässt er sich doch nicht auf solche Aktionen ein. Was hast du ihm heute Nachmittag in den Milchshake gekippt, Dritter?«
»Ich? Gar nichts.« Bob hockte sich neben ihn, zuckte zusammen, stand wieder auf und klaubte einen stacheligen Zweig von seiner Jeanshose. Dann setzte er sich wieder hin. »Aber ich glaube, Jeffrey hat es diesmal etwas zu weit getrieben und ihn einen Angsthasen genannt. So etwas lässt Peter sich von einem Knaben, der nichts als Surfbretter und hohe Wellen im Kopf hat, eben nicht gefallen.«
»Und da fällt denen nichts Besseres ein, als zu wetten, ob Peter sich traut, mitten in der Nacht seine Initialen auf das Hollywood-H zu malen. Ich bin froh, dass wir bei unseren Fällen nicht auf Mr Shaws geniale Geistesblitze angewiesen sind, sondern auf meine.«
Bob rempelte ihn leicht an. »Gib nicht so an, du Meisterdetektiv. Peter hat dir schon oft genug den Hals gerettet, wenn du dich mit deinen genialen Geistesblitzen so richtig in den Mist manövriert hattest.«
»Schön, ich gebe zu, dass körperliche Leistungsfähigkeit nicht zu meinen höchstentwickelten Spezialgebieten gehört.«
»Stimmt auffallend. Aber um Peter von dieser Idee abzubringen, hättest du ihm eigentlich nur erzählen müssen, dass es hier spukt.«
Justus lachte. »Das hätte er mir doch nie geglaubt.«

»Vielleicht doch. Es stimmt nämlich.«
»Wirklich?« Mit neu erwachendem Interesse schaute Justus zu Bob hin, dessen Gesicht er in der Dunkelheit nur schemenhaft erkennen konnte. »Woher weißt du das?«
»Miss Bennett hat es mir erzählt.« Miss Bennett war die Leiterin der Bücherei, in der Bob in den Ferien gelegentlich aushalf. »Sie interessiert sich für solches Zeug – Spukgeschichten, moderne Legenden und so weiter. Angeblich hat sich hier in den 30er Jahren eine Schauspielerin umgebracht und spukt seither hier in der Gegend herum.«
»Ich fasse es nicht!«, sagte Justus. »Und das erzählst du erst jetzt? Wenn du es Peter rechtzeitig gesagt hättest, wäre er nie im Leben hier hochgeklettert! Und ich könnte jetzt gemütlich in meinem Bett liegen! Wie spät ist es überhaupt? Zwei? Drei?«
Bob knipste seine Taschenlampe wieder an und leuchtete auf seine Armbanduhr. »Nein, es ist gerade erst zwölf. Mitternacht. Genau die richtige Zeit für die Dame, um herumzuspuken und Peter zu Tode zu erschrecken.«
Justus fing an zu lachen – aber es blieb ihm im Hals stecken. Über ihnen in der Dunkelheit ertönte ein gellender, markerschütternder Schrei.

Geisterstunde

»Peter!« Bob schnappte sich die Taschenlampe, fuhr hoch und war schon unterwegs, bevor Justus auch nur mit dem Aufstehen angefangen hatte. Die Sträucher schlugen hinter ihm zusammen, und Justus folgte ihm, so schnell er konnte. Dornen zerkratzten ihm Hände und Gesicht. Das Licht der Taschenlampe hüpfte wie verrückt auf und ab, eine Miniaturausgabe der Lichtsäulen oben auf dem Berg. Irgendwo weit hinter ihnen heulte eine Polizeisirene in der Stadt, aber am Hang des Berges war alles still, wenn man von dem Krachen und Rascheln absah, mit dem die beiden Detektive sich durch die Sträucher schlugen. Der schreckliche Schrei wiederholte sich nicht.

»Peter!«, rief Bob. »Wo bist du? Antworte doch! Peter!«

»Bob!«, schrie Justus. »Nun bleib doch mal stehen! Warte!« Bob hielt tatsächlich an, leuchtete aber weiter wild durch die Gegend. Als Justus endlich japsend bei ihm ankam, wollte er sich gleich wieder auf den Weg machen, aber Justus packte ihn am Arm. »Warte! Wenn er bisher nicht geantwortet hat, kann oder will er nicht antworten. Los, kletter auf meine Schultern. Vielleicht kannst du das Licht seiner Taschenlampe über die Büsche hinweg sehen.«

»In Ordnung.« Bob gab ihm die Taschenlampe. Justus kniete sich hin und Bob setzte sich auf seine Schultern. Ächzend stemmte Justus sich hoch und schwankte auf dem abschüssigen Boden hin und her. »Du könntest auch mal ein bisschen abnehmen! Siehst du was?«

»Nein, nur die Buchstaben. Wir sind ja doch schon ziemlich nahe dran.«

»Und was ist mit Peter?«

Bob öffnete den Mund, um zu antworten. Doch in diesem Moment brach Peter durch die Büsche und stieß mit Justus zusammen. Justus verlor das Gleichgewicht, stolperte, und im nächsten Moment rollten alle drei den Hang hinunter und landeten in einem Gebüsch.

»Peter!«, schrie Justus wütend, als er wieder sprechen konnte. »Pass doch auf, wo du hinrennst! Wir hätten uns alle Knochen brechen können!«

Aber Peter hörte überhaupt nicht zu. »Los, weg hier! Schnell!« Er rappelte sich auf, aber Justus packte ihn am Hosenbein und hielt ihn fest. »Langsam! Warte! Was ist denn passiert? Warum hast du so geschrien?«

»Hast du vielleicht ein O kaputtgemacht und es fällt gleich um?« Unwillkürlich schaute Bob zu den riesigen Buchstaben hoch. Es war keine erfreuliche Vorstellung, dass einer von ihnen schwanken und umfallen könnte. Und noch viel schlimmer war der Gedanke an den Artikel ›Wie drei Jungdetektive das berühmteste nationale Denkmal von Kalifornien zerstörten‹, den ihr Erzfeind, der Journalist Wilbur Graham, in der ›Los Angeles Tribune‹ veröffentlichen würde.

Aber Peter riss sich los. »Lass mich doch mit den blöden Buchstaben in Ruhe! Und lasst uns endlich abhauen! Ich habe ein Gespenst gesehen!«

Einen Augenblick lang blieb alles still. Dann brachen Justus und Bob in Gelächter aus.

Peter schaute erst sprachlos vom einen zum anderen. Dann wurde er wütend. »Sagt mal, geht's euch noch gut? Das ist nicht zum Lachen! Ich habe es *gesehen*! Das war echt!«

»Glaube ich dir aufs Wort«, japste Bob. »Lass mich raten – es war eine Frau in Weiß, die sich vom H gestürzt hat, stimmt's?«

Peter starrte ihn entgeistert an. »Woher weißt du das?«

»Tja, ich habe mich eben im Vorfeld über die Buchstaben in-

formiert. In den 30er Jahren ist eine Frau auf das H geklettert und hat sich hinuntergestürzt. Angeblich spukt sie seitdem hier herum. Ich hatte es Justus gerade eben erzählt.«
»Na toll, und mich schickst du dem Gespenst geradewegs in die Arme!«
»Nun mach mal einen Punkt. Von ›schicken‹ kann doch wirklich keine Rede sein – *ich* habe dich nicht gezwungen, mit Jeffrey zu wetten!«
»Kollegen«, sagte Justus, »wir haben Wichtigeres zu tun, als zu streiten. Kommt, ich will mir das aus der Nähe ansehen! Vielleicht finden wir ein paar Hinweise.«
Peter stöhnte. »Ich hätte mir denken können, dass ihr mich nicht ernst nehmt.«
»Im Gegenteil, ich nehme dich sehr ernst«, erklärte Justus. »Du weißt genau, dass ich schon immer daran interessiert war, ungewöhnliche Erscheinungen zu erforschen. Und ich finde es sehr interessant, dass du diese Frau in Weiß gesehen hast, ohne etwas über die Spukgeschichte zu wissen.«
Bob grinste. »Ach nee. Justus Jonas wittert einen Fall und hat plötzlich nicht mehr das geringste Problem damit, senkrecht einen Berg hinaufzurennen.«
»Ich habe nicht vor zu rennen«, gab Justus würdevoll zurück. »Und wie du ganz richtig sagst, ich wittere einen Fall für die drei ???. Kommt, Kollegen!«
»Wär ich doch bloß einfach weitergelaufen«, stöhnte Peter. Trotzdem führte er sie ein Stück den Berg hinauf, bis sie zu einer tief ausgewaschenen Rinne kamen. Hier gab es zwar keine stacheligen Büsche mehr, aber dafür jede Menge loses Geröll. Alle drei waren völlig durchgeschwitzt, als sie am oberen Ende der Rinne und am nächsten Stacheldrahtzaun ankamen. Sie robbten darunter hindurch und krabbelten dann auf Händen und Knien noch ein Stück weiter durchs Gestrüpp, bis

Peter vor einer kleinen Böschung anhielt und sich platt auf den Bauch warf. »Runter!«
Sehr vorsichtig schoben sie sich die Böschung hinauf, spähten über den Rand – und kniffen geblendet die Augen zu.
Die Hollywood-Buchstaben waren nicht nur groß, sie waren riesig. Wie Wolkenkratzer ragten sie gegen den schwarzen Nachthimmel, angestrahlt von mindestens zwanzig Scheinwerfern. Nach der langen Zeit im Dunkeln dauerte es eine ganze Weile, bis die drei ??? sich an die Helligkeit gewöhnt hatten. Die Buchstaben standen nicht auf einem freien Feld, wie die Jungen gedacht hatten, sondern waren mitten in den Hang hinein auf Metallgerüste montiert. Nur ein schmaler Fußweg führte an ihnen vorbei.
Justus dachte daran, wie oft er den berühmten Schriftzug schon aus der Ferne gesehen hatte. Immer hatte darin etwas Großartiges gelegen: die Verheißung von Ruhm, die Erfüllung grandioser Träume. Aber jetzt aus der Nähe waren die Buchstaben plötzlich nur noch eine Sammlung großer Metallplatten, auf ein Gitter montiert, gesichert wie eine Kaserne und ungefähr so romantisch wie ein Busbahnhof.
»Und wo war nun dein Gespenst?«, fragte er Peter leise.
Mit einer Kopfbewegung wies Peter zu dem H hinüber. »Da drüben. Ich habe sie erst gesehen, als sie stürzte. Und dieser schreckliche Schrei …« Er erschauerte.
»Ich möchte da ganz sicher sein – du hast ganz genau gesehen, dass es eine weiß gekleidete Frau war?«
»Natürlich!«, rief Peter. Dann zögerte er. »Das heißt – nein. Ich habe etwas Weißes gesehen, das herunterfiel. Es blähte sich weit auf. So etwas tragen Männer normalerweise nicht. Also kann es ja nur eine Frau gewesen sein!«
»Es gibt nichts Täuschenderes als eine offensichtliche Tatsache«, sagte Justus. »Es ist durchaus möglich, dass sich der ers-

te Schreck, der akustische Eindruck des Schreis und der optische Anschein des weißen Kleids in deinem Kopf zu einem in sich logischen, aber vielleicht trotzdem falschen Schluss verdichtet haben. Es könnte zum Beispiel auch ein Araber gewesen sein.«
»Aha«, sagte Bob, »du hast wieder Sherlock Holmes gelesen.«
»Das war sehr offensichtlich, mein lieber Watson«, sagte Justus. »Gehen wir mal hinüber.« Schon war er auf den Beinen und kletterte das letzte steile Stück zu den Buchstaben hinauf.
Peter stöhnte wieder. »Hätte ich doch bloß die Klappe gehalten.« Aber er folgte Bob, als dieser ebenfalls unter den Büschen hervorkroch und aufstand.
»Eins muss man unserem Ersten lassen«, sagte Bob. »Er hat vor nichts Angst.«
»Und genau das wird ihm eines Tages das Genick brechen«, prophezeite Peter düster.
»Dann retten wir ihn eben. Und überhaupt hast du noch eine Wette zu gewinnen. Komm!«
»Wahrscheinlich wusste Jeffrey, dass es hier von Geistern und Gespenstern nur so wimmelt. Das sähe ihm ähnlich.«
Bob antwortete nicht. Tatsächlich war er nicht ganz so selbstsicher, wie er sich gab. Die riesigen Buchstaben wirkten wie Monumente aus einer anderen Zeit – gigantisch und stumm sandten sie der Welt eine Botschaft, deren wahre Bedeutung verloren gegangen war. Wer erinnerte sich noch an die großen Glanzzeiten, die Träume und die Menschen der Filmgeschichte Amerikas? Bobs Oma schwärmte noch immer von Erroll Flynn oder James Stewart, und Bob wusste nicht einmal, wer diese Leute gewesen waren. *Sein* Hollywood war anders – schneller, lauter und vor allem bunt, und es verschickte seine Botschaften über das Internet, nicht in einem weißen Wort auf einem Berg.

Justus schien sich für solche Gedankengänge nicht zu interessieren. Er war bereits im Schatten des H verschwunden. Als Peter und Bob bei ihm ankamen, stand er hinter dem Gerüst aus Metallplatten und Stahlrahmen, das gar nicht mehr wie ein Buchstabe aussah, und spähte nach oben. »Sieh mal, Peter – ich glaube, da ist dein Gespenst.«
Peter zuckte zusammen und schaute hoch. Tatsächlich! Mindestens zehn Meter über ihm bewegte sich etwas Weißes! Es schwankte hin und her, schien springen zu wollen, konnte sich aber nicht recht entschließen – dann bauschte es sich in einer Windböe auf und Peter schlug sich vor die Stirn. »Ein Bettlaken! Der älteste Trick der Welt und ich bin darauf reingefallen!«
»Nicht nur du«, sagte Justus. Er zeigte auf eine Stelle ganz in der Nähe, wo das Gras platt gedrückt war und sich gerade erst wieder aufrichtete. »Du hast etwas fallen sehen – und jemand ist tatsächlich gefallen. Die Frage ist nur: wer? Und wo ist er jetzt?«
Nervös schauten Peter und Bob sich um. Plötzlich wurde ihnen bewusst, wie verlassen diese Stelle hoch auf dem Berg war. Der brausende Lärm von Los Angeles vertiefte nur das Gefühl, völlig allein zu sein … oder eben nicht ganz allein.
Sie selbst konnten nicht weit sehen, da die Scheinwerfer sie blendeten, aber vielleicht stand jemand dahinter im Dunkeln und beobachtete sie …
Peter wusste plötzlich, dass es eine unglaublich dumme Idee gewesen war, mitten in der Nacht hier heraufzukommen. »Wir sollten verschwinden«, sagte er mit belegter Stimme. Bob nickte.
Zu ihrer Überraschung nickte auch Justus. »Das tun wir auch – aber zuerst sehen wir nach, ob unser abgestürzter Kletterer vielleicht unterhalb der Böschung herumliegt.«

Sie suchten ein Stück des Hanges ab, fanden aber weder zerknickte Zweige noch abgerissene Stofffetzen und auch sonst keine Hinweise, dass jemand dort abgerutscht oder hinabgerollt war.
»Morgen kommen wir wieder und bringen unsere Ausrüstung mit«, entschied Justus. »Ich möchte mir das bei Tageslicht ansehen. Wer spielt hier nachts Gespenst, um Leute zu erschrecken? Und vor allem: wer klettert tatsächlich mitten in der Nacht auf das Gerüst, um sich erschrecken zu lassen, abzustürzen und zu verschwinden?«

Erste Ermittlungen

Am nächsten Nachmittag trafen sie sich in der Zentrale, dem umgebauten uralten Wohnanhänger, der auf dem Gelände des ›Gebrauchtwaren-Center T. Jonas‹ stand, verborgen hinter einem Berg von Schrott. In den vergangenen Wochen hatten Justus, Peter und Bob mühevoll Alteisen, Wellbleche, alte Motoren und Bettgestelle umgeschichtet und zwei neue Geheimgänge angelegt, die durch den Schrottberg hindurch zur Zentrale führten. Es gab auch eine neue zweite Tür, durch die die drei Jungen in Justus' Freiluftwerkstatt zwischen der Zentrale und dem Zaun gelangen konnten. Dort waren sie meist ungestört, denn vom Hof aus konnte die Werkstatt nicht eingesehen werden, und der Zaun war mehr als zwei Meter hoch.
Als Peter und Bob durch das Grüne Tor im Zaun in die Werkstatt schlüpften, wartete Justus schon ungeduldig auf sie. »Na, Peter? Was hat Jeffrey gesagt?«
»Zuerst hat er sich totgelacht«, sagte Peter. »Er sagte, es sähe uns ähnlich, bei unserem ersten Ausflug zu den Hollywood-Buchstaben gleich auf ein Gespenst zu stoßen. Aber als ich ihm erzählt habe, dass tatsächlich jemand da oben abgestürzt ist, war er entsetzt.«
»Interessant«, sagte Justus. »Ich glaube auch nicht, dass Jeffrey jemanden so leichtsinnig in Gefahr bringen würde. Aber ich schließe ihn noch nicht aus dem Kreis unserer Verdächtigen aus.« Er griff nach seinem Rucksack, in dem er alle notwendigen Gerätschaften zur Spurensuche verstaut hatte. »Kommt, Kollegen – machen wir uns auf den Weg!«

Diesmal kletterten sie nicht mühsam durch das Gestrüpp den Berg hinauf, sondern fuhren in Bobs Käfer so weit wie möglich den Mulholland Drive zum Mount Lee hinauf und wanderten dann einen Fußweg entlang auf die Buchstaben zu. Im hellen Tageslicht wirkten sie eher langweilig – weiße Blechplatten auf Metallstangen. Auf dem Berg hinter ihnen erhob sich der rotweiß gestreifte Sendeturm einer aufgegebenen Radiostation. Schon bald stießen die drei Detektive auf den ersten Stacheldrahtzaun und kletterten darunter hindurch.

»Ich habe mich heute mal schlau gemacht und über die Buchstaben recherchiert«, sagte Bob. Ursprünglich hieß das Wort ›Hollywood Land‹ und war nur ein Reklametrick eines Grundstückmaklers vom Anfang des 20. Jahrhunderts. Später gingen die vier Buchstaben von ›Land‹ kaputt. 1949 kaufte die Handelskammer die restlichen Buchstaben und reparierte sie. Seit 1973 sind sie ein nationales Wahrzeichen der Stadt Los Angeles, 1978 und 1991 wurden sie komplett restauriert. Da waren sie schon längst Reliquien für die Filmfans aus aller Welt, die für einzelne Splitter enorme Summen bezahlten.«

»Und das Gespenst?«, fragte Peter.

»Das war eine erfolglose Filmschauspielerin, die 1932 nur durch ihren spektakulären Selbstmord berühmt wurde. Danach wurde das Gelände abgesichert, damit nicht noch mehr Leute auf die gleiche Idee kamen. Aber angeblich wurde das Gespenst immer wieder in der Nähe gesehen. Nur ist es nie wieder heruntergesprungen, sondern nur spazieren gegangen und dann verschwunden.«

»Dann war das heute Nacht wohl eine Extravorstellung für uns«, sagte Peter.

»Ich weiß nicht«, sagte Justus. »Je länger ich darüber nachdenke, desto mehr glaube ich, dass die Vorstellung der Person galt, die dann auch tatsächlich abgestürzt ist.«

Sie überwanden auch den nächsten Zaun und kamen schließlich bei den Buchstaben an. Das Gras hinter dem H war nicht mehr platt gedrückt, aber Justus nickte trotzdem zufrieden. »Wie ich es mir gedacht hatte – hier ist ein Schuhabdruck. Kein allzu großer Schuh – Größe 39, würde ich sagen.« Er holte eine Wasserflasche, eine kleine Tüte Gips und eine Plastikschüssel aus dem Rucksack und fing an, den Gips anzurühren. »Nun müssen wir noch nach dem Bettlaken Ausschau halten. Es ist nämlich weg.« Peter und Bob schauten nach oben. Dort war keine Spur des weißen Gebildes mehr zu sehen.

»Vielleicht gibt es noch einen Haken oder etwas Ähnliches« Justus zeigte auf eine Leiter, die an dem Trägergerüst nach oben führte. »Peter, am besten kletterst du mal hoch und siehst nach.«

Peter starrte ihn entgeistert an. »Ich?«

»Ja, natürlich! Du bist schließlich der Sportlichste von uns.« Justus goss den Fußabdruck mit der Gipsmasse aus – und ließ vor Schreck die ganze Schüssel fallen, als plötzlich jemand in einiger Entfernung brüllte: »He! Ihr drei da, weg von den Gerüsten!«

Sie fuhren herum. Ein Mann marschierte auf sie zu. Er trug die Uniform eines Parkwächters und hatte einen großen Hund bei sich. Das Tier zog kräftig an der Leine und knurrte böse. Als der Wächter bei den drei Detektiven war, fuhr er sie an: »Was habt ihr hier zu suchen? Was habt ihr da für eine Schweinerei auf den Boden gegossen?«

Peter und Bob brachten kein Wort heraus.

Justus fing sich als Erster und stand so würdevoll auf, wie es einem auf frischer Tat ertappten Verbrecher möglich war.

»Das ist Gips, Sir«, erläuterte Justus höflich. »Wir sind Detektive und ermitteln in einem ungewöhnlichen Fall. Darf ich Ihnen unsere Karte zeigen?« Er klaubte die Visitenkarte der drei ??? aus der Tasche und hielt sie dem verdutzten Parkwächter vor die Nase.

»Detektive?«, fragte der Wächter stirnrunzelnd. »Was bedeuten die Fragezeichen – dass ihr keine Ahnung habt, was ihr tut?«
»Mitnichten«, sagte Justus. »Das Fragezeichen ist ein Symbol für das Unbekannte, für unbeantwortete Fragen und ungelöste Rätsel. Unsere Aufgabe ist es, Fragen zu beantworten, Rätsel zu lösen und Geheimnisse jeglicher Art zu lüften. Daher sind die drei Fragezeichen das Markenzeichen unserer Detektivfirma.«
»Rätsel zu lösen, aha. Was gibt's denn hier oben herumzurätseln? Das ist abgesperrtes Gelände und ihr habt hier nichts zu suchen – wie seid ihr überhaupt hierher gekommen?«
»Ein Stück den Berg hinunter ist der Stacheldrahtzaun lose«, sagte Justus. »Wir haben gestern Nacht etwas Ungewöhnliches beobachtet und wollten heute nach Indizien suchen.«
»Gestern Nacht? Was ist denn da passiert?«
»Jemand scheint versucht zu haben, auf das H zu klettern, wurde aber erschreckt und stürzte ab. Sehen Sie dort den tiefen Abdruck? Da ist er hingefallen. Und mit dem Gips habe ich den Fußabdruck ausgegossen, um ihn in unserer Zentrale analysieren zu können.«
Der Wächter starrte Justus an. »Ich bin nicht ganz sicher, ob

du nicht der dreisteste Lügner bist, der mir je eine verrückte Geschichte aufgetischt hat. Aber wenn sich jemand hier nachts herumgetrieben hat, muss das auf den Überwachungskameras zu sehen sein.«

Kameras? Peter und Bob schluckten. Aber Justus fragte sofort: »Wo sind denn diese Kameras?«

»Eine ist da oben.« Der Parkwächter zeigte auf das O. »Und die filmt alles, was um das H herum passiert.«

»Dürfen wir es uns ansehen?«

»Auf jeden Fall dürft ihr mitkommen. Wenn eure Geschichte nämlich nicht stimmt, gibt es Ärger. Und nimm deinen Gipsabdruck da mit.«

Es sah ein bisschen komisch aus, als Justus mit der erstarrten Riesenpfütze aus Gips im Arm hinter dem Parkwächter herging, aber er trug es mit Fassung. Der Mann führte die drei ??? zu einem abseits stehenden kleinen Flachbau. »Das ist unsere Überwachungszentrale. Schließlich sind diese Buchstaben ein nationales Denkmal und gehören zu den meistfotografierten Stars der Welt – da müssen wir schon aufpassen, dass sich kein Unbefugter an ihnen zu schaffen macht, Graffiti draufschmiert oder sie sonstwie beschädigt.«

Peter wurde blass und murmelte: »Ich bin so froh, dass ich meine Wette verloren habe.« Zum Glück beachtete ihn der Parkwächter nicht weiter. Er ließ den Hund frei laufen, öffnete die Tür und winkte die drei ??? hinein.

Das Innere des Gebäudes sah aus wie eine Fernsehstation. Dutzende von Monitoren, Schaltpulten und Computern ließen nur wenig Raum für zwei Stühle, eine Kaffeemaschine und einen großen stählernen Schrank. Auf allen Bildschirmen waren die neun riesigen Buchstaben und das umgebende Gelände entweder ganz oder in Ausschnitten zu sehen.

Der Parkwächter öffnete den Schrank. »Dann wollen wir doch

mal sehen. Hier drin liegen die Aufzeichnungen der letzten Woche … ah, hier.« Er holte eine CD heraus, setzte sich an den Computer und startete ein Programm, das die Aufnahme im Zeitraffer wiedergab. Gespannt sahen die drei ??? zu. Vier Tage und Nächte glitten vorbei und es geschah nichts Aufregenderes, als dass tagsüber der Schatten des H über den Boden wanderte und nachts das gleißende Licht anging. Am fünften Tag sahen sie kurz eine Gestalt in Uniform vorbeigehen.

»Das ist mein Kollege«, sagte der Parkwächter. »Er hatte auch heute Nacht Dienst.«

Er verlangsamte die Wiedergabe. Gespannt drängten sich die drei ??? hinter ihm zusammen und starrten auf den Bildschirm. Es wurde wieder Nacht. Die Scheinwerfer gingen an. Eine Weile tat sich nichts. Dann rief Peter: »Da!«

Eine schwarz gekleidete Gestalt trat ins Blickfeld der Kamera und begann rasch und zielstrebig am Gerüst hochzuklettern. In der Dunkelheit war nicht zu erkennen, ob es ein Mann oder eine Frau war, denn das Bild war nicht ganz scharf. Aber plötzlich schoss etwas Großes, Weißes quer durchs Bild – und alle vier Beobachter zuckten zurück. Die Gestalt warf die Arme hoch und stürzte. Einen Moment lang blieb sie liegen. Dann rappelte sie sich mühsam auf, betastete ihr linkes Bein und hinkte davon.

Justus beugte sich noch ein wenig mehr nach vorne. »Können wir das bitte noch einmal sehen?«

Der Mann ließ die Aufnahme noch einmal ablaufen, dann drehte er sich zu den drei ??? um. »Kennt ihr diese Person?«

Sie schüttelten die Köpfe.

»Woher wusstet ihr denn, dass sie heute Nacht hier war?«

»Wussten wir gar nicht«, sagte Peter. »Wir, äh –« Er brach ab, als ihm klar wurde, was er gerade sagen wollte.

»Ermittlungen«, sagte Justus bestimmt. »Und nun, da Sie wis-

sen, dass wir die Wahrheit gesagt haben, hätte ich auch ein paar Fragen an Sie. Wie heißt Ihr Kollege, der heute Nacht Dienst hatte?«
»Oliver Taper«, sagte der Wachmann und runzelte die Stirn. »Warum willst du das wissen?«
Justus wollte es eigentlich nicht unbedingt wissen. Aber er wusste etwas anderes. In wenigen Sekunden würde die Aufnahme der Überwachungskameras der vergangenen Nacht ein neues Bild zeigen: drei Detektive, die sich höchst illegal ebenfalls auf dem Berg herumtrieben. Also redete er hastig weiter und hoffte, den Parkwächter damit vom Bildschirm abzulenken. »Hat er keinen Dienstbericht geschrieben? Wenn er heute Nacht etwas Ungewöhnliches gesehen hätte, müsste er es doch sicher notiert haben …«
»Das ist richtig. Eigentlich müsste er …« Der Parkwächter drehte sich wieder um und fing an, in einer Schublade zu graben. Aber da streifte sein Blick den Bildschirm, auf dem gerade ein etwas übergewichtiger Jugendlicher ins Licht des Scheinwerfers geriet. Er stutzte, schaute noch einmal hin. »Augenblick mal. Das ist –«
»Wir müssen gehen«, sagte Justus eilig. »Danke für die Hilfe! Kommt, Kollegen!«
Sie stürmten aus der Zentrale und rannten zu den Buchstaben hinunter. Der Mann rief etwas hinter ihnen her, aber sie blieben nicht stehen, um zu hören, was es war. Justus drückte Bob den unförmigen Gipsabdruck in die Hände und keuchte: »Lauft vor! Ich muss mir noch etwas ansehen!«
Bob wollte widersprechen, aber dann hörte er den Hund bellen und überlegte es sich anders. Hastig stolperte und rutschte er den Berg hinunter. Peter drückte den Stacheldraht herunter, damit Bob hindurchklettern konnte, und dann drehten sie sich um und warteten auf Justus.

Es dauerte nicht lange, bis er zu ihnen herabschlidderte. »Nichts wie weg, Kollegen! Ich glaube zwar nicht, dass er uns den Hund nachhetzt, aber darauf möchte ich mich nicht festlegen – er sah doch ziemlich wütend aus.«
»Was hat er denn noch gerufen?«, fragte Peter.
»Etwas wie ›Lasst euch nie wieder hier blicken!‹ oder so ähnlich.« Justus seufzte. »Eigentlich hatte ich gehofft, die Stelle genauer untersuchen zu können. Und ich wollte ihn noch fragen, was er über das Gespenst weiß. Aber ich hatte nicht mit all diesen Kameras gerechnet.«
Sie kletterten den Berg hinunter zum Mulholland Drive, wo sie das Auto abgestellt hatten. Als sie im Käfer saßen und sich wieder auf den Heimweg nach Rocky Beach machten, fragte Bob: »Was musstest du dir denn da oben noch ansehen, Erster?«
»Mir war beim Anschauen des Films etwas aufgefallen«, sagte Justus. »Als der Kletterer die Arme hochwarf und abstürzte, flog etwas Kleines, Dunkles in hohem Bogen von ihm weg. Ich habe kurz die Flugbahn und den Aufprallwinkel berechnet und mich an der entsprechenden Stelle umgesehen.«
»Und was hast du gefunden?«, fragte Peter. »Es wird wohl eine Taschenlampe oder so etwas gewesen sein.«
»Nein, war es nicht. Es war das hier.« Justus zog etwas aus der Tasche und hielt es über Peters Schulter nach vorne. Es sah aus wie eine sehr kleine, leicht gekrümmte Hand mit dunklem Fell und Krallen. Am hinteren Ende befand sich ein dichter Pinsel aus schwarzen Haaren. Peter zuckte zurück und verzog angewidert das Gesicht. »Pfui Spinne, was ist *das* denn?«
Auch Bob rümpfte die Nase. »Das ist ja eklig. Wieso sammelst du Leichenteile ein, Erster?«
»Es ist kein Leichenteil«, sagte Justus. »Jedenfalls nicht richtig. Es ist eine Tierpfote. Leider entzieht es sich meiner Kenntnis, um was für ein Tier es sich handelt. Der Pinsel ist meiner Mei-

nung nach entweder ein Rasierpinsel oder eine Puderquaste. Ziemlich geschmacklos, da gebe ich euch Recht. Aber da unser Kletterer es bei seinem Sturz verloren hat, vermute ich, dass es ein wichtiges Indiz in unserem Fall sein dürfte.«
»Und was bedeutet es?«, fragte Peter.
Justus zuckte die Achseln. »Ich habe nicht die geringste Ahnung.«

KCY

In der Zentrale angekommen, setzte Bob sich an den Computer und suchte nach Informationen über das Gespenst von Hollywood. Peter klopfte vorsichtig den verschütteten und erstarrten Gips rings um den Fußabdruck weg, kippte die Gipsreste in einen Eimer und zeichnete das Sohlenprofil in ein Notizbuch, während Justus die seltsame Pfotenquaste untersuchte.

»Hier ist etwas«, sagte er. »Ein Relief – dort, wo die Pfote aufhört und der Pinsel anfängt. Man kann es kaum sehen, aber fühlen.« Er holte das Fingerabdruckset heraus und stäubte die Seite des Pinsels mit Graphitpulver ein, dann legte er einen Klebestreifen darüber und zog ihn wieder ab. Bob und Peter schauten zu, als er den Streifen auf ein weißes Kärtchen klebte. Drei ineinander verschlungene Buchstaben waren zu erkennen.

»KCY«, sagte Justus. »Das sind wohl die Initialen des Besitzers oder des Herstellers. Bob, schau doch mal, ob du etwas über KCY herausfinden kannst.«

»Gerne«, sagte Bob. »Über das Gespenst finde ich hier nämlich nichts weiter.« Er fing wieder an zu tippen, hörte aber gleich wieder auf. »Ich glaube, ich habe es schon! KCY ist nicht nur eine Abkürzung, es ist der ganze Name!«

»Lies vor!«

»Casey Wye (KCY), amerikanische Schauspielerin. Kam in den frühen 50er Jahren nach Hollywood. Kleinere Rollen in ›Fluss der Träume‹, ›Tiefsee‹, ›Das Wunder vom Mississippi‹, ›Jagd‹ und anderen. Verheiratet mit Harold Packleham, Regisseur. Zwei Kinder. Nach zehn Jahren Ehe beschuldigte sie ihn eines Tages, ein von ihr verfasstes Drehbuch unter seinem eigenen Namen verkauft zu haben, und verließ ihn. Da sie aber nicht beweisen konnte, dass das Drehbuch wirklich von ihr stammte, fielen alle Einkünfte an Packleham. Der auf dem Drehbuch ›Das Gespenst von Hollywood‹ basierende Film ›Schatten über Hollywood‹ wurde mit zwei Goldenen Raben ausgezeichnet und brachte Harold Packleham vier Millionen Dollar ein. Als Verliererin des Prozesses musste Casey Wye die Gerichtskosten zahlen und entging nur knapp einer Verleumdungsklage ihres Ehemannes. Ihr Auftreten während des Prozesses brachte ihr den Ruf ein, hysterisch, missgünstig und unkontrollierbar zu sein. Sie drehte noch ein paar Filme, erhielt aber dann keine Angebote der Filmindustrie mehr und zog sich aus dem Geschäft zurück.« Bob blickte auf. »Tja, und vor sieben Jahren ist sie dann unter ungeklärten Umständen gestorben.«

»Sie ist nicht zufällig selbst von einem dieser sechsundzwanzig Meter hohen Buchstaben gesprungen, die um Los Angeles herumstehen?«, fragte Peter. »Nur, um die Geschichte abzurunden?«

»Stell dir vor, nein«, antwortete Bob, während er weiterlas. »Sie unternahm eine Spritztour mit dem Auto in die Wüste von Nevada. Der Wagen wurde später verlassen aufgefunden. Von Casey Wye hat man nie wieder etwas gehört. Dieser Artikel erschien vor zwei Monaten, als sie offiziell für tot erklärt wurde.«

»Hysterisch, missgünstig und unkontrollierbar«, sagte Peter. »Klingt nach einer reizenden Dame.«

»Ach was!«, meinte Justus. »Tante Mathilda sagt, dass früher jede Frau als hysterisch und unkontrollierbar bezeichnet wurde, sobald sie mal ihrem Ehemann widersprach. Das heißt überhaupt nichts. Aber ich frage mich, was diese alte Geschichte mit unserem nächtlichen Kletterer, dem Gespenst und dieser Quaste zu tun hat. Dass da ein Zusammenhang besteht, ist klar – Casey Wye behauptete, dass sie ein Drehbuch mit dem Titel ›Das Gespenst von Hollywood‹ geschrieben hatte,

und diese Quaste gehörte mit großer Wahrscheinlichkeit ihr. Jetzt müssen wir nur noch herausfinden, was da vor sich geht.«
»Und wie?«, fragte Bob.
»Am besten fährst du gleich mal ins Archiv der ›Los Angeles Post‹ und suchst alle Artikel heraus, die sich mit Casey Wye und Harold Packleham befassen. Es wäre interessant, herauszufinden, ob Mrs Wye irgendjemandem etwas vererbt hat. Peter und ich basteln währenddessen ein paar technische Kleinigkeiten. Wir treffen uns morgen nach der Schule hier.«

Am Abend verabschiedete sich Peter und verließ die Werkstatt durch das Grüne Tor im Zaun. Justus löschte alle Lichter, schaltete den Computer in der Zentrale aus und ging durch den neuen Geheimgang zum Kalten Tor, einem riesigen Kühlschrank, dessen Rückwand abgesägt worden war und verschoben werden konnte und der als neuer Ein- und Ausgang diente. Ein Blick in einen geschickt angebrachten Spiegel verriet ihm, dass der Hof leer war und niemand ihn beobachten konnte. Rasch schob er die Rückwand wieder zu, öffnete die Kühlschranktür und schlüpfte hinaus. Wer jetzt in den Kühlschrank schaute, sah nichts, das auf einen Geheimgang schließen ließ. Justus ließ die Tür zufallen und ging zum Abendessen ins Haus. Da er in der vergangenen Nacht höchstens vier Stunden geschlafen und die restliche Zeit mit Nachdenken verbracht hatte, verabschiedete er sich recht früh von seinem Onkel und seiner Tante und ging ins Bett.
Mitten in der Nacht wachte er auf. Was ihn geweckt hatte, wusste er nicht, er war todmüde und konnte nicht denken. Er drehte sich im Bett um und zog die Decke bis zum Kinn … und dann spürte er, dass er nicht allein war. Jemand war bei ihm im Zimmer. Tante Mathilda? Er blinzelte und sah, dass die Tür offen stand. Ein dunkler Schatten bewegte sich auf ihn zu.

Das war nicht seine Tante! Der Schreck machte Justus hellwach. Er fuhr hoch, aber der Schatten war mit zwei schnellen Schritten bei ihm, zwang ihn zurück aufs Bett und drückte ihm etwas Nasses, scharf Riechendes auf Mund und Nase. Justus kämpfte und schlug um sich. Dann verlor er das Bewusstsein.

Als er aufwachte, war es noch immer genauso dunkel, aber das lag daran, dass man ihm die Augen verbunden hatte. Er saß auf etwas Hartem ... einem Stuhl. Festgebunden. Unter seinen nackten Füßen war fester, glatter Boden. Die Luft roch heiß, ein wenig feucht und muffig. Justus kannte diesen Geruch – er war mit ihm aufgewachsen. Wann immer Onkel Titus eine Fuhre alter Möbel aus einem modrigen Kellerraum geholt hatte, war ein Schwall dieses Geruchs mit ihm auf den Schrottplatz gekommen. Aber Justus war ziemlich sicher, dass er sich jetzt nicht auf dem heimischen Schrottplatz befand. Also befand er sich vielleicht eher in einem modrigen Keller.

Außerdem roch es nach Zigaretten. Nicht nach dem stechenden Rauch einer gerade angezündeten Zigarette, sondern nach Kleidern, in denen sich der Qualm so festgesetzt hatte, dass er auch durch Waschen nicht mehr zu entfernen war.

Es war recht still. In einiger Entfernung zwitscherten ein paar Vögel, aber er hörte keinen Autolärm. In Los Angeles war er also nicht. Vielleicht nicht einmal in Rocky Beach.

Er räusperte sich. Seine Kehle schmerzte und er hatte Durst.

»Hallo? Ist hier jemand?«

Alles blieb still, aber er spürte, dass er nicht allein war.

»Hören Sie«, sagte er, »wer immer Sie sind, Sie machen einen Fehler. Für die Entführung eines Jugendlichen gehen Sie mindestens zwanzig Jahre ins Gefängnis. Ich rate Ihnen, mich schleunigst freizulassen.«

Noch immer kam keine Antwort. Er versuchte, unter der Au-

genbinde hervorzublinzeln, aber sie war bis auf seine Wangen heruntergezogen. Er zerrte an den Fesseln. Es schienen solide Stricke zu sein, die er auf keinen Fall zerreißen konnte.
Er versuchte es erneut. »Geben Sie mir wenigstens etwas zu trinken!«
Da hörte er zum ersten Mal ein Geräusch. Es klang wie ein rasselndes Schnarren. Er konnte es überhaupt nicht zuordnen, bis sich aus dem Schnarren Worte lösten – grässlich verzerrt und monoton.
»Was ist die Botschaft des Talismans?«

Justus' Gedanken rasten. Er wusste sofort, was der Unbekannte mit ›Talisman‹ meinte, aber nun gab es eine zweite wichtige Information. Die Puderquaste war also ein Glücksbringer und eine Botschaft zugleich. Er ärgerte sich maßlos, dass er das geschmacklose Ding nicht genauer untersucht hatte. Oder war da nicht mehr zu entdecken gewesen als das, was er entdeckt hatte? Er beschloss, sich vorerst dumm zu stellen. Vielleicht gab der Fremde noch mehr Informationen preis. »Was denn für ein Talisman? Was für eine Botschaft?«
Aber diesmal hatte er sich verrechnet. Der Fremde antwortete nicht. Stattdessen hörte Justus, wie eine Tür ins Schloss fiel und etwas klickte. Das Gefühl, beobachtet zu werden, verschwand, ebenso der muffige Geruch verqualmter Kleidung. Er war allein.
Sofort prüfte er seine Fesseln. Er war schon häufiger gefesselt gewesen und immer hatte er es geschafft, sich zu befreien – oder von Peter und Bob befreit zu werden. Aber sein Entführer verstand etwas vom Fesseln. So sehr Justus auch zog und zerrte und die Hände verdrehte, das Seil lockerte sich keinen Millimeter. Und da er noch immer in seinem Schlafanzug steckte, hatte er auch kein Taschenmesser dabei, das ihm hätte

helfen können. Schließlich gab er auf. Offenbar musste er warten, bis der Unbekannte zurückkam. Also verlegte er sich am besten aufs Denken.
Wer war dieser Unbekannte? Er war kräftig genug, Justus unbemerkt aus dem Haus seiner Tante und seines Onkel zu entführen. Und er war auf jeden Fall ein starker Raucher. Nach dem ersten Schreck hatte Justus auch erkannt, warum die Stimme so schrecklich verzerrt war: sein Entführer benutzte ein Kehlkopfmikrofon.
Wenn der Mann wusste, dass die drei ??? die Puderquaste gefunden hatten, war er entweder in der Nähe gewesen oder hatte die Aufzeichnungen der Kamera gesehen. Und er wusste mehr über den Fund als alle anderen – aber nicht alles. Er wusste, dass es eine Botschaft gab – aber er kannte ihren Inhalt nicht. Und warum hatte er Justus entführt?
Das war einfach. Er wusste nichts von der Zentrale. Also hatte er vermutet, dass Justus die Puderquaste in seinem Zimmer aufbewahrte. Und als er sie nicht gefunden hatte, hatte er Justus eben betäubt und mitgenommen ... aber nein, das konnte nicht stimmen. Er hatte Chloroform mitgebracht. Das bedeutete, dass er von vornherein geplant hatte, Justus zu betäuben. Dieser Gedanke gefiel Justus überhaupt nicht. Aber seine Angst hielt sich in Grenzen. Der Fremde wollte etwas von ihm. Er würde ihm nichts antun. Und da er so großen Wert darauf legte, weder gesehen noch erkannt zu werden, hatte er auch vor, Justus wieder freizulassen, sobald er hatte, was er wollte.
Pech nur, dass Justus keine Ahnung hatte, wie die Lösung des Rätsels lautete. KCY? Aber das erschien ihm zu einfach. Er konnte nur darauf hoffen, dass Peter und Bob die Puderquaste noch einmal genauer unter die Lupe nahmen.
Und er hatte noch immer Durst.
Er seufzte, machte es sich so bequem wie möglich und wartete.

Die Botschaft des Talismans

Peter und Bob waren nicht allzu beunruhigt, als Justus nicht in der Schule auftauchte. So etwas kam schon einmal vor – allerdings war es ungewöhnlich, dass er auf seine Lieblingsfächer Mathematik, Chemie, Physik und Staatsbürgerkunde verzichtete, die für alle anderen eher eine gnadenlose Qual bedeuteten. Peter und Bob litten tapfer den ganzen Vormittag lang und flüchteten, sobald die Glocke klingelte.

Sie lehnten ihre Farräder an den Zaun zum Schrottplatz und krochen durch das Grüne Tor. Die Werkstatt sah noch genauso aus, wie Peter sie am Abend verlassen hatte. Munter stieß Bob die Tür zur Zentrale auf. »Na, Just, hoffentlich hast du dich amüsiert, während wir Todesqualen ausgestanden …« Er stockte. »Justus?«

Die Zentrale war leer. Der Computer ausgeschaltet und kalt. In der Dunkelkammer war niemand. Im Kühlschrank stand noch ein Stracciatellajoghurt, der nie überlebt hätte, wenn Justus innerhalb der letzten zwölf Stunden auch nur einen Fuß in die Zentrale gesetzt hätte. Ratlos sahen Peter und Bob sich um.

»Das gibt's doch nicht«, sagte Peter. »Ist er vielleicht krank?«

Sie verließen die Zentrale durch das Kalte Tor. Titus Jonas war nirgends zu sehen und der alte Pickup war weg. Nur Justus' Tante Mathilda stand im Büro und telefonierte. Als sie Bob und Peter sah, winkte sie ihnen zu und beendete das Gespräch, dann kam sie nach draußen. »Hallo, ihr beiden! Gut, dass ihr kommt. Da hinten ist ein ganzer Haufen alter Absperrgitter, die entrostet und neu lackiert werden müssen. Und sagt Justus, es hat keinen Sinn, sich vor mir zu verstecken! Ich finde ihn schon, das kann er mir glauben – und wenn ich ihn an den Ohren aus der Zentrale zerren muss!«

Peter und Bob wechselten einen bestürzten Blick, aber sie sagten nichts. Hastig zogen sie sich zu den Absperrgittern zurück.
»Was machen wir jetzt?«, fragte Peter. »Er ist nicht krank, er ist nicht zu Hause – wir können ihr doch nicht sagen, dass er nicht mal in der Schule war!«
»Am besten sagen wir vorerst gar nichts«, schlug Bob vor. »Er ist wahrscheinlich wieder auf einem Alleingang. Da sollten wir ihn nicht noch zusätzlich in Schwierigkeiten bringen.«
»Er hat aber nichts mitgenommen, nicht einmal das Handy. Vielleicht ist ihm was passiert?«
»Ach was«, sagte Bob, aber es klang nicht ganz überzeugt. »Justus passiert doch nichts!«
»Na schön«, sagte Peter. »Lass uns mal logisch vorgehen. Was würden zwei Detektive tun, deren Partner plötzlich verschwunden ist? Absperrgitter entrosten und hoffen, dass Justus plötzlich vom Himmel fällt wie Manna in der Wüste?«
»Ganz bestimmt nicht«, sagte Bob. »Stattdessen würden sie sich den Ort vornehmen, an dem er zuletzt gesehen wurde.«
Peter nickte zufrieden. »Das klingt viel besser.«
Sie warteten, bis das Telefon im Büro des Schrottplatzes klingelte und Tante Mathilda beschäftigt war und sie nicht sofort wieder zurück an die Arbeit schicken konnte, dann rannten sie zum Kalten Tor und kletterten hindurch.
Die Zentrale wirkte geradezu unheimlich verlassen. Bob setzte sich an den Tisch und schaltete den Computer ein, um die E-Mails abzurufen. »Hier hat er gestern nichts mehr gemacht«, sagte er. »Was habt ihr in der Werkstatt gebastelt?«
»Justus hat einen neuen Peilsender ins Handy eingebaut und anschließend haben wir ein Empfangsgerät dafür zusammengeschraubt.« Düster betrachtete Peter das Handy, das auf dem Tisch lag. »Viel genützt hat es bisher nicht. Jedenfalls bin ich so gegen zehn nach Hause gefahren. Was hast du eigentlich im

Archiv der ›Los Angeles Post‹ herausgefunden? Du wolltest es mir den ganzen Tag nicht sagen.«

»Ach ja. Vor zwei Monaten wurde Casey Wye nach sieben Jahren offiziell für tot erklärt. Außer ihrem Sohn Stephen Packleham und den Anwälten war niemand bei der Testamentseröffnung anwesend. Und Stephen lehnte für sich und seine Schwester das Erbe ab – kein Interesse.«

»Was wäre es denn gewesen?«

»Ein Haus irgendwo östlich von hier in den Bergen. Aber er wollte es nicht haben.«

»Was für einer Spur geht Justus denn nun nach? Und warum kommt er nicht zurück?« Ruhelos marschierte Peter durch die Zentrale, dann ließ er sich in den Sessel fallen. Gleich darauf fuhr er wieder hoch. »Au! Da hat mich was gestochen!«

Bob lachte, als Peter die Puderquaste aus dem Sessel klaubte. »Also da hat er es hingeworfen. Ich habe mich schon gefragt, wo es ist.«

»Lach du nur – das Ding hat elend scharfe Krallen.« Peter setzte sich wieder hin und drehte seinen Fund in den Händen. »Jetzt fällt es mir wieder ein. Meine Oma hatte einen Flaschenöffner mit einer Hasenpfote. Ich fand ihn immer ziemlich eklig. Er war uralt und wackelig und man musste ihn ständig wieder zusammenschrauben. Der hier sieht auch recht alt aus, aber er ist viel stabi-«

Die Quaste brach ihm in den Händen auseinander.

»Peter, der Held«, spottete Bob. »Du hast es kaputtgemacht!«

»Habe ich nicht! Das war nicht richtig festgeschraubt!« Peter schaute sich den Schraubverschluss aus der Nähe an und stutzte. »Da steckt etwas drin! Ein Blatt Papier!«

»Was?« Im Nu hockte Bob neben ihm. »Zeig her!«

Peter zog den Zettel heraus und faltete ihn auseinander. Es war einfaches weißes Papier, exakt an den Kanten abgeschnitten.

Darauf standen in einer sauberen Handschrift ein paar Zeilen.

ist, aber es fällt mir nicht leicht. Jahrelang habe ich auf eine Geste von dir gewartet, und nichts ist gekommen. Ohne Audys einzigen Brief an ihre Tante hätte ich nie erfahren, dass du bereust, was du mir angetan hast. Ich hätte dir gerne die Hand zur Versöhnung gereicht. Jetzt ist es dafür zu spät. Ich habe mir ein letztes Spiel ausgedacht. Erinnerst du dich an die

»Komisch«, sagte Bob. »Das klingt wie ein Ausschnitt aus einem Brief. Warum sollte jemand so etwas in einer Puderquaste verstecken? Steht etwas auf der Rückseite?«

Peter drehte das Papier um. »Nein. Verflixt – da finden wir mal etwas Interessantes und Justus ist nicht da!«

»Also, die Schrift scheint die Handschrift einer Frau zu sein«, sagte Bob. »Und der Satz ›dass du bereust, was du mir angetan hast‹ deutet auf Casey Wye hin. Dann wäre es ein Brief an ihren Ehemann Harold Packleham. Was meint sie wohl mit dem ›letzten Spiel?‹

Sie grübelten darüber nach, kamen aber zu keinem Ergebnis.

»Warte mal!«, sagte Peter plötzlich. »Vielleicht steht noch etwas in Geheimschrift drauf!« Er holte das Chemieset aus dem Schrank und sie experimentierten eine Weile mit dem Papier herum. Aber nichts änderte sich, außer dass der Brief einige hässliche braune Flecken bekam, als sie ihn über eine Kerzenflamme hielten.

Trübselig starrten sie den Brief an, der auf dem Tisch lag und sein Geheimnis nicht preisgab. »Justus hätte bestimmt schon fünf verschiedene Lösungen gefunden«, sagte Bob.

In diesem Moment klingelte das Telefon.

Sie zuckten beide zusammen und Bob nahm rasch den Hörer ab. »Bob Andrews von den drei Detektiven?«
»Hallo, Robby«, sagte eine vertraute Stimme. »Ich bin's, Justus.«
»Justus!« Sofort schaltete Bob den Verstärker an. »Wo bist du? Wieso hast du uns nicht Bescheid gesagt?«
»Unwichtig, Robby«, antwortete Justus. »Hör zu. Ist Peter bei dir?«
»Ja, natürlich. Wir haben –«
»Was ist die Botschaft des Talismans?«
Bob stutzte. »Was für ein – du meinst die Puderquaste? Hör mal, du hättest uns aber auch Bescheid sagen können, dass du den Brief gefunden hast! Wir dachten schon, dir wäre etwas passiert!«
Es gab eine kurze Pause. Dann sagte Justus: »Lies mir den Brief vor, Robby.«
»Ja, schon gut. Wenn du unbedingt geheimnisvoll sein willst, bitte. Und nenn mich nicht dauernd –«
»Nun lies schon!«
Verärgert las Bob den Brief vor. »Und?«, fragte er am Schluss. »Fällt dir etwas dazu –«
Es klickte. Die Verbindung war unterbrochen.
Beklommen schauten Peter und Bob einander an. Endlich sagte Peter: »*Robby*?«
»Wenn es nicht Justus wäre, würde ich sagen, er spinnt«, antwortete Bob. »Aber Justus tut nie etwas ohne Grund. Und normalerweise führt er sich am Telefon auch nicht so auf.« Er schluckte. »Da ist etwas ganz und gar nicht in Ordnung.«

Audys Brief

»So«, sagte die schreckliche knarrende Stimme. »Du wusstest also nichts von einer Botschaft.«

»Stimmt«, sagte Justus. »Meine Freunde müssen den Brief eben erst entdeckt haben.« Es gefiel ihm überhaupt nicht, dass der Besitzer der Stimme um ihn herumzugehen schien. Noch immer konnte er nichts sehen. Die Augenbinde saß so fest wie zuvor, und allmählich hatte er das Gefühl, dass es ihm auch nichts bringen würde, wenn er sie endlich abnahm. Vielleicht gab es in diesem Raum gar kein Tageslicht. Mittlerweile war ihm sehr elend zu Mute. Er war so hungrig und durstig wie noch nie in seinem Leben und alle Knochen taten ihm weh. Er wusste nicht, seit wie vielen Stunden er jetzt auf diesem Stuhl saß, aber es kam ihm wie Jahre vor.

Eine Weile herrschte Schweigen. Dann sagte die Stimme: »Und wie lautet die Botschaft?«

»Wie bitte?«, fragte Justus verdutzt. »Sie haben doch gehört, was – äh – Robby vorgelesen hat.«

Er hörte das hässliche Schnarren, das er nun für ein Lachen hielt. »Das war der Brief. Aber es war nicht die Botschaft.«

»Nicht? Was –«

Weiter kam er nicht. Völlig überraschend packten zwei harte Hände seine Schultern und drückten ihn nach hinten. Justus roch stechenden Schweiß und Zigarettenrauch.

»Löse das Rätsel«, sagte die knarrende Stimme. »Dann lasse ich dich gehen.«

»Und wenn nicht?«

Die Hände ließen ihn los. »Dann verrottest du hier«, sagte sein unsichtbarer Entführer. »Und mach dir keine Hoffnungen – hierher kommt schon lange niemand mehr.«

»Das ist doch verrückt!«, rief Justus. »Woher soll ich denn wissen, was das für eine Botschaft ist? Geben Sie mir wenigstens einen Anhaltspunkt! Sind Sie derjenige, der auf den Buchstaben geklettert ist? Wozu? Und was war das für ein Trick mit dem Bettlaken?«
»Ein Zettel in einem Buch«, sagte der Fremde, ohne auf die Fragen einzugehen. »Ein Abschnitt eines Briefs, der mitten im Satz beginnt und endet.« Er ging um Justus herum, und dann spürte Justus ein Stück Papier in den Händen. »Hier.«
»Mit gefesselten Händen und verbundenen Augen kann ich es wohl kaum lesen«, sagte Justus wütend.
»Das ist dein Problem. Du bist Detektiv – denk dir etwas aus.«
»Hören Sie, ich finde dieses Spiel reichlich albern! Binden Sie mich sofort los!«
Eine Tür klappte.
»Hallo? Hallo! He! Kommen Sie zurück!«
Er war wieder allein.

»Also«, sagte Bob, »wenn unser Erster sich am Telefon rätselhaft ausdrückt und uns nicht sagt, was los ist, ist das zwar völlig normal. Es ist aber nicht normal, dass er mich Robby nennt. Wenn er mich also Robby nennt UND nicht sagt, was los ist, bedeutet das … was?«
»Er konnte es nicht sagen«, folgerte Peter. »Und das heißt …«
»… dass jemand zuhörte, der es ihm entweder verboten hat oder dem er keine Auskunft geben wollte. Und das wiederum heißt …«
»… dass er doch in Schwierigkeiten ist«, sagte Peter. »Vielleicht ist er auch nicht freiwillig aus der Schule weggeblieben. Überleg mal. Wann hätte Justus je eine Gelegenheit ausgelassen, alle anderen in Chemie, Physik und Mathematik so richtig dumm dastehen zu lassen?«

»Stimmt«, sagte Bob. »Lass uns mal in seinem Zimmer nachsehen.«
»Aber nur, wenn die Luft rein ist. Ich möchte Justs Tante nicht in die Arme laufen. Die fängt bloß wieder mit den Absperrgittern an.«
Sie spähten durch das selbst gebaute Periskop, das zwar seit kurzem schielte, aber trotzdem verriet, dass der Hof leer war. Dann flitzten sie zum Haus hinüber. Wie üblich war die Fliegengittertür nur angelehnt und die Haustür stand offen. Peter und Bob liefen die Treppe hinauf und standen gleich darauf in Justus' Zimmer. Dort sah alles aus wie sonst. Tante Mathilda hatte die Bettwäsche zum Lüften ans Fenster gehängt und Justus' übliches Bastel- und Elektronikchaos unberührt gelassen. Es gab keinerlei Hinweise auf etwas Ungewöhnliches.
Ratlos kehrten sie in die Zentrale zurück. »Was machen wir jetzt?«, fragte Peter. »Rufen wir Inspektor Cotta an und melden Justus als vermisst?«
»Dann steht hier im Nu die Polizei im Hof. Lass uns lieber erst einmal selbst ermitteln.«
»Also schön.« Peter seufzte und nahm sich den Brieffetzen vor. »Die Botschaft des Talismans. Hör mal, Justus wusste doch gar nicht, dass die Quaste ein Talisman ist. Und von der Botschaft wusste er wahrscheinlich auch nichts. Also muss es ihm jemand gesagt haben. Jemand, der diese Botschaft sehr dringend erfahren will.«
»Wir haben sie ihm doch vorgelesen. Dann muss er jetzt eigentlich sehr glücklich sein.«
»Na ja, du hast ihm ein paar Sätze vorgelesen. Aber was ist das für eine Botschaft, die mitten im Satz anfängt und auch mitten im Satz aufhört?« Missmutig starrte Peter den Zettel an. »An diesem Text ist überhaupt nichts, was nach einer Botschaft aussieht. Höchstens das mit dem Spiel, aber das ist viel zu –«

»Vielleicht der Hinweis, dass sie wusste, dass er seine Tat bereut.«
»Vielleicht. Oder Audys Brief an ihre Tante. Wer ist Audy? Und wer ist diese Tante? Casey Wye?«
»Audy könnte eine Form von Audrey sein«, überlegte Bob. »Vielleicht die Schauspielerin Audrey Hepburn?«
»Glaube ich nicht. Hatte Casey denn überhaupt Geschwister?«
»Das steht in den Zeitungsartikeln nicht drin.« Bob warf einen Blick auf die Uhr. »Die Bücherei müsste noch auf sein. Miss Bennett hat im letzten Monat Dutzende von Büchern über Hollywood und seine Stars angeschafft. Und wie ich sie kenne, hat sie sie auch schon alle gelesen.« Er griff nach dem Telefonhörer. »Also frage ich mal nach.«
Miss Bennett, die Leiterin der Stadtbücherei von Rocky Beach, meldete sich schon beim zweiten Klingeln.
»Hallo, Miss Bennett«, sagte Bob. »Ich brauche eine Auskunft über Casey Wye. Ja, genau, die Schauspielerin. Sagen Sie, wissen Sie zufällig, ob Mrs Wye eine Nichte namens Audy hatte? Audy oder Audrey? Nicht? Schade. Dann –« Er brach wieder ab. »Tatsächlich? Nicht zu glauben! Haben Sie es zufällig da? Und gibt es darin einen Brief? Könnten wir – ja, genau! Vielen Dank!«
Er legte auf und drehte sich zu Peter um. »Tja, Mrs Wye hat keine Nichte namens Audy. Aber sie hat einmal eine Frau namens Audrey in einem Theaterstück gespielt. Und in dem Stück schreibt sie tatsächlich einen Brief an ihre Tante. Miss Bennett schickt ihn uns per E-Mail.« Er drehte sich zum Computer um und öffnete das E-Mail-Programm.
Schon kurze Zeit später kam die Nachricht an. Bob öffnete sie und sie lasen Audys Brief.

Liebe Tante! Ich komme übermorgen um 16.15 Uhr an.
Deine Audy.

»Nee, oder?«, sagte Peter. »Das kann doch nicht alles sein! Das hat ja überhaupt nichts mit dem zu tun, was auf dem Zettel steht! Gibt es nicht noch einen anderen Brief?«
Ratlos schüttelte Bob den Kopf. »Auf dem Zettel steht, dass es der einzige Brief ist.«
»Vielleicht ist 16.15 Uhr eine Nachricht?«
»Und 16.15 Uhr beweist, dass Harold seine Schandtat bereut? Nie im Leben.«
»Dann stecken wir in einer Sackgasse«, sagte Peter niedergeschlagen.
»Vielleicht nicht.« Bob holte sich einen Eistee aus dem Kühlschrank und setzte sich wieder hin. »Mir fällt gerade etwas auf. Wir haben nach Audy und dem Brief gefragt – aber was, wenn das nur ein Hinweis war, sich das Theaterstück anzusehen? Ich habe gar nicht gefragt, wie es hieß!«
»Mensch, stimmt ja! Los, ruf nochmal an!«
Bob griff sofort nach dem Telefon. Aber in der Bücherei meldete sich niemand mehr. Also fingen die beiden an, im Internet zu suchen. Und schon bald wurden sie fündig.
»Na also!«, rief Bob triumphierend. »Das Stück hieß ›Hotel Pacific Pearl‹! Dieses Hotel gibt es wirklich – in den Bergen von Hollywood! Ich bin sicher, dass da ein Hinweis auf uns wartet!«
»Wollen wir jetzt sofort los?«, fragte Peter. »Ich meine, es wird schon dunkel, und ich fahre ungern mitten in der Nacht in den Bergen herum.«
»Willst du Justus retten oder nicht? Wir sollen die Botschaft entschlüsseln, und das haben wir getan. Aber er würde nie wollen, dass wir unsere erste Idee einfach ungeprüft übernehmen. Also – ruf deine Eltern an und erzähl ihnen, dass du und Justus heute bei mir übernachtet. Ich sage Justus' Onkel und Tante dasselbe, damit sie keinen Verdacht schöpfen. Meinen Eltern sage ich, dass ich bei Justus bin. Und dann fahren wir los!«

Die Geisterstadt

Justus' Magen knurrte. Seine Kehle war trocken und das Schlucken tat weh. Außerdem musste er dringend auf die Toilette, und er war wütend. Es waren nicht die besten Voraussetzungen, um logisch zu denken, aber er versuchte es trotzdem.
»Löse das Rätsel und ich lasse dich frei«, hatte der Entführer gesagt. Justus hatte durchaus vor, das Rätsel zu lösen – aber zu seinen eigenen Bedingungen. Und das bedeutete, dass er versuchen musste, sich selbst zu befreien.
Inzwischen hatte er eine ganz gute Vorstellung von dem Raum, in dem er sich befand. Er war nicht sehr groß und lag vermutlich unter der Erde, so dass er wenig oder gar kein Tageslicht erhielt. Eine Höhle war es nicht, dafür war der Boden zu glatt, und es war auch nicht kalt genug, eher stickig und trocken. Also befand er sich vermutlich im Keller eines alten Hauses in den Bergen, so weit vom Meer entfernt, dass man weder das Brausen des Pazifiks hören noch den salzigen Wind riechen konnte. Es roch eher nach Wüste. Justus beschloss, sich erst zu befreien und dann darüber nachzudenken, wie er im Schlafanzug, ohne Schuhe und ohne Geld nach Rocky Beach zurückkommen sollte.
Sollte er so lange kippeln, bis der Stuhl nach hinten umfiel? Lieber nicht – erstens würde er mit seinem gesamten Gewicht und dem Stuhl auf seinen Händen landen und zweitens sich den Schädel einschlagen, wenn er auf den harten Steinboden fiel. Aber vielleicht lockerten sich die Fesseln, wenn er einfach aufstand und mitsamt dem Stuhl auf dem Rücken durch den Raum hüpfte.
Er beschloss, es zu versuchen, ließ den Zettel fallen und stemmte sich hoch. Der Stuhl war schwerer als erwartet, und die Fes-

seln schnitten schmerzhaft in Justus' Bauch und seine Handgelenke ein. Blind hüpfte Justus vorwärts – aber plötzlich verlor er das Gleichgewicht, konnte sich nicht abstützen und fiel nach vorne. Ein stechender Schmerz zuckte durch sein linkes Knie und er kippte mit dem Stuhl zur Seite. Hilflos blieb er liegen – aber dann merkte er, dass sich die Augenbinde ein wenig verschoben hatte. Er blinzelte und sah einen Schimmer von blauem Licht unter der Binde. Also gab es doch ein Fenster! Es musste Nacht sein. Und dann sah er noch etwas – eine Bewegung. Ein Schatten schob sich vor das Fenster und blieb dort. Eine Wolke? Aber dann hörte er leises Atmen, ganz anders als das schreckliche Röcheln des Kehlkopfmikrofons. Justus holte tief Luft und schrie: »Hilfe! Gehen Sie nicht weg! Helfen Sie mir! Hallo!«

Etwas scharrte und kratzte, und dann schlug plötzlich ein kleiner Gegenstand klirrend dicht neben Justus auf. Der Schatten verschwand.

Der kleine Gegenstand war ein Taschenmesser. Justus war verblüfft. Offenbar wollte ihm jemand helfen, war aber nicht bereit, einfach hereinzukommen und ihn loszubinden. Oder war es vielleicht der Entführer, der ihn antreiben wollte, das Rätsel des seltsamen Zettels schneller zu lösen? Er beschloss, später darüber nachzudenken, und robbte auf dem Boden herum, bis er das Messer mit den gefesselten Händen fassen konnte, während die Kante der Stuhllehne ihm schmerzhaft den Arm abdrückte. Dann begann er die Fesseln loszuschneiden. Und endlich konnte er die Hände bewegen! Er stieß den Stuhl von sich weg, setzte sich auf und riss zuerst einmal die Augenbinde herunter, dann löste er seine Fußfesseln, massierte seinen schmerzenden Arm und sah sich in seinem Gefängnis um.

Es war tatsächlich ein Kellerraum, vielleicht eine ehemalige Vorratskammer. Die Wände waren verputzt und ebenso kahl wie der Zementfußboden. Die einzige Tür war verschlossen, endete aber ein paar Zentimeter über dem Boden. Mondlicht fiel durch eine schmale Fensteröffnung knapp unter der Decke und das Fenster war engmaschig vergittert. Der Besitzer des Messers war verschwunden.

Justus sah sich nach dem Zettel um, den er fallen gelassen hatte, und fand ihn auf dem Boden. Rasch hob er ihn auf, aber es war zu dunkel zum Lesen, und so steckte er ihn in die Tasche seiner Schlafanzughose.

Es wurde Zeit, dass er verschwand, bevor der Entführer zurückkam. Justus ging zur Tür und untersuchte sie. Zu seiner Überraschung hatte sie nur ein einfaches Schloss, durch das er nicht hindurchsehen konnte. Der Schlüssel steckte!

»Das ist dein zweiter Fehler«, murmelte Justus zufrieden. »Der erste war, mich auf ein Rätsel anzusetzen.«

Er zog sein Pyjamaoberteil aus und schob den Ärmel durch den Spalt unter der Tür. Dann stocherte er mit dem Messer im Schlüsselloch, bis der Schlüssel herausfiel und auf dem Ärmel landete. Vorsichtig zog Justus ihn zu sich heran, stand schnell auf und schloss die Tür auf.

Rasch zog er das Hemd wieder an und warf einen Blick zurück auf sein Gefängnis. Vielleicht sollte er das Seil mitnehmen, so etwas konnte man immer gebrauchen. Er rollte das Seil auf und hängte es sich über die Schulter. Dann öffnete er die Tür und spähte vorsichtig hinaus.

Falls sein Entführer in der Nähe war, musste er den Krach des umfallenden Stuhls und das Öffnen der Tür gehört haben. Justus lauschte, doch alles blieb still.

Der angrenzende Raum war völlig fensterlos, aber durch eine große Öffnung in der Decke fiel mattes Licht. Eine Treppe führte nach oben. Es roch hier stärker nach Staub und Verfall, aber darüber lag ein leichter Duft nach Lavendel, der Justus ir-

ritierte. Sein Entführer hatte nach allem Möglichen gerochen, aber nicht nach Blumen.
Er schlich zur Treppe und hielt wieder an. Oben rührte sich nichts. Hatte sein Entführer ihn wirklich allein gelassen? So einen Fehler konnte er sich eigentlich nicht leisten – er musste doch wissen, dass Justus dieses Versteck sofort der Polizei melden würde, wenn er entkam. Und Justus glaubte eigentlich nicht, dass sein Entführer dumm war. Aber falls dies alles zu einem Plan gehörte, wusste Justus dennoch nicht genug, um ihn zu durchschauen. Ihm war nur klar, dass er schleunigst von hier verschwinden wollte.
Lautlos schlich er die Treppe hinauf. Sie endete in einem großen, verlassenen Raum voller Dreck und Unrat. Früher war dieser Raum wahrscheinlich ein Wohnzimmer gewesen, das in eine offene Küche überging. Zwei Stufen führten von der Küche wie von einer Empore herab. Ein langer, gezackter Riss verlief quer über den Fußboden und zog sich bis in die Mauern hinauf. Von den großen, zweifellos teuren dunklen Fliesen auf dem Boden waren nur ein paar staubige Bruchstücke übrig geblieben. Große Bereiche Putz hatten sich von den Wänden gelöst und waren heruntergefallen, und in einer Ecke lagen Glassplitter, zerfetzte Bücher, ein paar Lumpen und leere Bierdosen. Durch die großen, zerbrochenen Glastüren und Fenster zum Garten fiel kaltes Mondlicht in den Raum, und jemand hatte in riesigen Buchstaben DEAD quer über eine Wand gesprüht. Das Haus wirkte tatsächlich tot – so trostlos, wie es nur Häuser sein können, die eigentlich bewohnt sein sollen. Justus stand reglos da und lauschte, aber von draußen kam kein Laut.
Es wurde Zeit zu verschwinden, aber barfuß konnte er nicht über die Glasscherben laufen. Kurz entschlossen zog Justus das Oberteil seines Schlafanzugs wieder aus, stach mit dem Messer

hinein und zerriss es der Länge nach in in zwei Teile, die er sich um die Füße wickelte. Dann klappte er das Messer zusammen, steckte es in die Hosentasche und machte sich über Scherben und Unrat hinweg auf den Weg zu den großen Gartentüren. Vorsichtig tappte er hinaus.

Der Garten war ebenso ein Trümmerfeld wie das Haus. Ein großer, nierenförmiger Swimmingpool war zur Hälfte mit Schutt und Erde gefüllt. Das Gras war zum Teil verdorrt, zum Teil wild über alle Grenzen hinausgewuchert und hatte die ehemaligen Blumenbeete völlig erstickt. Ein paar Palmen ragten aus riesigen Hibiskussträuchern, deren rosa Blüten einen starken Geruch verströmten. Falls es hier draußen noch nach Lavendel roch, ging der Duft völlig unter.

Da Justus noch immer dringend auf die Toilette musste, tappte er auf seinen lumpenumwickelten Füßen zu den Sträuchern hin. Verrückt eigentlich, dachte er und duckte sich außer Sicht. Hier ist doch niemand.

Aber trotzdem hatte er das deutliche Gefühl, dass er hier ganz und gar nicht sicher war. Sein Entführer konnte jederzeit zurückkommen und sich leicht ausrechnen, dass sein ehemaliger Gefangener noch nicht weit gekommen sein konnte. Und da war ja noch der Unbekannte, der ihm das Messer zugeworfen hatte. Wo versteckte er sich? Beobachtete er ihn?

Justus spähte nach allen Seiten und schlüpfte wieder hinaus. Er schlug einen weiten Bogen um das Haus, stieß jedoch bald auf einen hohen, verrosteten Stacheldrahtzaun. Er lief daran entlang und sah ein Hausdach zwischen den Palmen des Nachbargartens. Sein Herz schlug schneller. Vielleicht konnte er die Bewohner um Hilfe bitten und die Polizei anrufen! Tante Mathilda, Onkel Titus und natürlich Peter und Bob machten sich wahrscheinlich schon die größten Sorgen. Doch als er die Straße erreichte und sich dem Haus zuwandte, sah er, dass ihm

in diesem Haus niemand helfen würde. Auch hier waren alle Fenster zerbrochen und dunkel und das Dach war halb eingestürzt. Justus blieb auf der Straße stehen und schaute sich um. »Hierher kommt schon lange niemand mehr«, hatte der Entführer gesagt, und nun verstand Justus auch, warum.
Er war in einer Geisterstadt.

Natürlich gab es unzählige Geisterstädte in Kalifornien. Zur Zeit des Goldrauschs waren Dutzende kleiner Orte gegründet und ebenso schnell wieder verlassen worden. Einige waren abgebrannt, andere versanken im Sumpf, wieder andere verrotteten still vor sich hin oder wurden zu kitschigen Touristenfallen umgebaut. Aber diese Stadt stammte nicht aus der Goldgräberzeit. Justus drehte sich zu dem Haus um, in dem er gefangen gewesen war. Es war einmal eine sehr teure Villa gewesen, vielleicht aus den 50er Jahren, als Schauspieler und Produzenten die glänzenden Parties feierten, für die Hollywood berühmt gewesen war. Jetzt war es eine zerfallende Erinnerung an eine große Zeit, die nur noch in alten Schwarz-Weiß-Filmen lebte. Auch eine Art Goldrausch, dachte Justus und fröstelte unwillkürlich. Es kam ihm zu Bewusstsein, dass er höchst unvorsichtig mitten auf der Straße im Mondlicht stand, deutlich sichtbar für jeden böswilligen Beobachter. Doch er war jetzt sicher, dass sein Entführer nicht in der Nähe war. Aber was war mit dem anderen?
»Hallo!«, rief er. »Kommen Sie heraus! Ich weiß, dass Sie hier sind!«
Seine Stimme klang erschreckend laut in der Stille der toten Stadt, und als er schwieg, war das Schweigen noch bedrückender geworden.
Dann regte sich einer der Schatten am Nachbarhaus. Eine Gestalt löste sich aus der Dunkelheit und trat ins Mondlicht

hinaus. Sie hatte sich in mehrere Schichten Kleidung gehüllt und ein Tuch wie eine Kapuze über den Kopf geworfen, so dass das Gesicht im Schatten blieb. Ein Hauch von Lavendelduft ging von ihr aus.

»So, mein Junge«, sagte eine heisere, tonlose Stimme, »du kommst mir also in die Quere.«

Jezabel

Justus schluckte schwer. Es war nicht die Stimme seines Entführers, aber sie klang unheimlich genug. »Was meinen Sie damit?«, fragte er und versuchte, nicht darüber nachzudenken, dass er hier mitten in einer Geisterstadt ziemlich wehrlos in der Schlafanzughose stand. »Wer sind Sie?«
Die Gestalt blieb in zehn Metern Entfernung stehen. »Ich lebe hier. Und du hast hier nichts zu suchen. Ich will, dass du verschwindest und nie wieder zurückkommst. Geh!«
Er war jetzt recht sicher, dass er einer alten Frau gegenüberstand, aber wenn sie allein in einer Geisterstadt lebte, war sie möglicherweise nicht ganz richtig im Kopf. »Ich weiß ja nicht einmal, wo ich bin. Was ist das für ein Ort? Wie weit bin ich von Rocky Beach entfernt? Und wo kann ich hier telefonieren?«
»Dieser Ort ist tot«, sagte die heisere Stimme. »Tot wie seine Bewohner. Und ebenso wie sie hat er keinen Namen mehr.« Dann schüttelte die Gestalt den Kopf und klang plötzlich menschlicher. »Und es gibt keine Telefone. Rocky Beach liegt fünfzehn Meilen entfernt von hier; mach dich auf den Weg.«
»Hören Sie doch«, sagte Justus. »Ich bin entführt worden. Ich habe keine Schuhe und laufe im Schlafanzug herum! Ich bin halb verhungert und verdurstet, und da soll ich fünfzehn Meilen zu Fuß gehen? Dann hätten Sie Ihr Messer auch behalten können!«
»Mein Messer.« Die Gestalt streckte eine knochige Hand aus. »Gib es mir.«
Justus zögerte. Es passte ihm gar nicht, sein einziges Werkzeug und seine einzige Waffe wieder herzugeben. Aber dann zog er es doch aus der Tasche und warf es der Fremden zu. Die kno-

chige Hand fing es mit einer raschen, sicheren Bewegung auf und ließ es in den Schichten der Kleidung verschwinden.
»Haben Sie den Mann gesehen, der mich entführt hat?«, fragte er. »Kennen Sie ihn?«
»Du stellst zu viele Fragen«, gab die Alte barsch zurück.
»Das kann schon sein«, sagte Justus unerschrocken, »aber wenn Sie mir nicht helfen, machen Sie sich der Beihilfe zu einer Straftat schuldig, Paragraf –«
Weiter kam er nicht, denn die alte Frau begann heiser und krächzend zu lachen. »Ich werde dir helfen«, sagte sie dann und kicherte noch immer in sich hinein, »aber nicht wegen irgendwelcher alberner Paragrafen. Wie ist dein Name?«
»Justus Jonas von den drei Detektiven.«
Ein heiseres Lachen. »Ah, du bist also Justus.«
»Kennen Sie mich denn?«, fragte Justus verdutzt.
»Ich habe eine Karte von euch gefunden.« Die knochige Hand wies auf das Haus, in dem Justus gefangen gewesen war. »Komm mit.«
Justus verschränkte die Arme und blieb stehen. »Nur, wenn Sie mir sagen, wer Sie sind.«
»Nenn mich Jezabel«, sagte die krächzende alte Stimme. »Ich sammle Träume.« Die verhüllte Gestalt wandte sich um und schlurfte davon.
»Sie tun was?«, fragte Justus, aber sie gab keine Antwort, sondern winkte nur ungeduldig. Also folgte er ihr.
Sie führte ihn zu einer weiteren verfallenen Villa, betrat aber nicht das Haus, sondern ging an der Garage vorbei und öffnete die Tür zu einem alten Schuppen. »Komm herein.«
Er wusste noch immer nicht, was er von ihr halten sollte. »Sie zuerst.«
Jezabel lachte tonlos. »Das ist mein Zuhause. Glaubst du, ich sperre dich darin ein?«

»Das weiß ich nicht. Mir fehlen die Informationen, die ich benötige, um Ihre Handlungsweise einschätzen zu können. Schließlich wollten Sie mich eben noch aus der Stadt jagen.«

»Keine Sorge, das will ich immer noch. Aber wenn ich dich loswerden wollte, wäre es kontraproduktiv, dich einzusperren, meinst du nicht?«

»Das stimmt wohl«, gab Justus zu und trat ein.

Er war nicht ganz sicher, was er erwartet hatte. Irgendeine armselige Behausung vermutlich, aus Sperrmüll karg eingerichtet. Stattdessen kam er in ein Museum.

Der Schuppen war nicht größer als die Zentrale, aber jeder Zentimeter der Wände war mit Fotos bedeckt. Es mussten Tausende sein, viele von ihnen angesengt oder eingerissen, als hätten sie jahrelang vergessen im Dreck gelegen, bis Jezabel sie gefunden und mitgenommen hatte. Die Fotos selbst zeigten nichts Besonderes, es waren typische Aufnahmen wie aus Fotoalben: spielende Kinder, Portraits, Haustiere, Häuser oder Landschaftsausschnitte. Dazwischen hingen vergessene Kleinigkeiten aus dem Alltag: ein gehäkelter Kinderschuh, Haarschleifen, abgegriffene Bilderbücher, Dutzende von zerschlissenen Stofftieren und zerbrochenen Puppen.

An der Wand stand ein altes Feldbett mit einer Matratze, über die eine bunt gewebte Decke ausgebreitet war. Ansonsten gab es nur noch zwei alte Holzkisten. In der einen lagen ein paar Vorräte, in der anderen Teller und schäbiges Besteck. Mehr schien die alte Frau nicht zu besitzen. Aber der ganze Raum roch nach dem Strauß frischer Lavendelzweige, den sie neben dem Bett in einer alten Dose aufgestellt hatte.

Er drehte sich zu der alten Frau um. »Sind das die Träume, die Sie sammeln?«

Sie warf ihm einen raschen Blick zu. »Ja.« Auch ihre Stimme war jetzt scharf. »Was dagegen?«

»Nein, überhaupt nicht. Ich –«

»Du denkst wohl, ich bin verrückt? Eine senile alte Schachtel, die hier draußen mitten im Nichts hockt und Müll um sich auftürmt, ha?«

»Nein, gar nicht! Ich finde es nur ungewöhnlich.«

»Junge, sei froh, wenn du in deinem Leben nichts Ungewöhnlicheres triffst als mich.«

Justus wollte schon antworten, dass er in seinem Leben schon einen ganzen Haufen Leute getroffen hatte, gegen die Jezabel wie ein Musterbeispiel an Vernunft wirkte, aber er schluckte es hinunter. Stattdessen fragte er: »Was für Träume sind es denn? Kennen Sie die Menschen auf den Fotos?«

»Nein. Wie sollte ich? Die waren weg, ehe ich kam. Und überhaupt – wann kennt man schon einen Menschen? Du kannst jahrelang mit einem leben und trotzdem eines Tages merken, dass er dir fremder ist als einer vom anderen Ende der Welt. Von denen da weiß ich gar nichts und sie interessieren mich auch nicht. Mich interessiert nur, dass jemand sie wichtig genug fand, um sie zu fotografieren. Für irgendwen hatten sie eine Bedeutung. Klar?«

»Äh, ja. Aber –«

»Das da auf den Bildern sind Geschichten. Ausschnitte von Geschichten. Erinnerungen. Fetzen. Das Zeug selbst ist Müll. Aber wenn du hinter die Dinge schaust, ist da viel mehr. Jeder Fetzen erzählt mir ein paar Worte einer Geschichte. Aber das verstehst du nicht.«

»Doch, durchaus«, sagte Justus. »Wie lange sind Sie schon hier? Ist es nicht sehr einsam?«

»Ein paar Jahre. Und nein, es ist nicht einsam. Ich hatte genug von den Menschen. Nur zum Einkaufen fahre ich in die Stadt. Ich lebe nicht davon, dass ich hier draußen mit der Schrotflinte auf Kaninchen schieße, falls du das gedacht hast.«

Justus lachte. »Nein, Madam. Hören Sie, wäre es nicht vielleicht möglich, dass Sie mich nach Rocky Beach bringen? Ich bezahle auch das Benzin.«
»Bah«, knurrte Jezabel verächtlich. »Ich habe nicht gesagt, dass ich ein Auto habe. Und dir kann ein Fußmarsch nur gut tun. Ist gut für die Kondition.«
»Fünfzehn Meilen? Barfuß? Das können Sie mir nicht antun!«
»Du hast keine Ahnung, was ich dir antun kann und was nicht«, sagte Jezabel mit plötzlich ganz kalter und flacher Stimme. »Ich will nur meine Ruhe haben. Warum sollte es mich kümmern, was aus dir wird?«
Justus biss sich auf die Zunge. »Warum haben Sie mir dann geholfen?«
Sie zuckte nur mit den Achseln.
Justus seufzte. Gerade eben hatte er sie richtig nett gefunden, aber jetzt kam sie ihm nur noch wie eine böse alte Hexe vor.
»Also gut«, sagte er niedergeschlagen. »Dann sagen Sie mir wenigstens, in welche Richtung ich gehen muss.«
»Nach Westen«, sagte die Alte kurz. Dann fragte sie plötzlich: »Warum hat er dich entführt?«
»Weil er wollte, dass ich etwas für ihn herausfinde. Genauer gesagt, meine Freunde. Da Sie unsere Karte gefunden haben, wissen Sie ja, dass wir Detektive sind. Wir arbeiten gerade an einem Fall.« Jetzt fiel ihm der Zettel wieder ein, den der Entführer ihm gegeben hatte, und er zog ihn aus der Hosentasche und faltete ihn auseinander. Jezabel rührte sich nicht und beobachtete ihn nur schweigend, während er den Zettel las.

lustigen Spiele unserer Kindheit? Ich schon. Obwohl ich mich über manchen deiner Streiche sehr geärgert habe, zum Beispiel den mit der Biberpfote. Aber ich habe mich ja gebührend ge-

rächt. Wie HOch bist du gestiegen, und wie Laut habe ich geLacht!

Aber das ist nun alles lange vorbei, verflogen wie Herbst-

»Biberpfote«, murmelte er. »Natürlich – die Puderquaste. Und der Rest –«

Eine Hand fuhr nach vorne und entriss ihm den Zettel.

»He!«

»Lass mich das sehen.« Sie las die wenigen Zeilen. Ihr Gesicht war unter dem Tuch verborgen, und plötzlich hatte Justus das Gefühl, dass er sehr gerne sehen wollte, wie sie auf den Text reagierte. Aber als er einen Schritt auf sie zutrat, drehte sie sich weg, faltete den Zettel zusammen und gab ihn Justus zurück.

»Was ist das für ein Unsinn?«

»Es ist kein Unsinn. Es ist eine Spur, der wir folgen. Wir haben noch einen zweiten Zettel. Es ist eine Geheimbotschaft.«

»Von wem?«

»Das wissen wir nicht«, log er, weil es ihm nicht gefiel, wie sie ihn ausfragte.

»Und wozu wollt ihr es herausfinden? Was gehen euch diese Zettel an?«

Justus zuckte die Achseln. »Wir sind Detektive. Wir lösen Rätsel.«

»Und was ist, wenn ihr in Gefahr geratet?« Noch immer schaute sie ihn nicht an, sondern starrte auf die verblassten Fotos an der Wand. »So wie jetzt – du bist schon entführt worden. Was ist, wenn noch etwas Schlimmeres passiert?«

»Damit werden wir schon fertig. Wir haben schon sehr viele mysteriöse Fälle aufgeklärt.«

»Diesen Fall solltet ihr aufgeben«, sagte sie in bestimmtem Ton. »Das ist nichts für euch.«

»Warum?«, fragte Justus sofort. »Wissen Sie etwas darüber?«
»Nein.« Plötzlich drehte sie sich zu ihm um. »Du sagtest, deine Freunde sollten etwas herausfinden. Was war es?«
»Wie gesagt, wir hatten noch einen zweiten Zettel … sie haben ihn in der Biberpfote gefunden. Das ist eine Puderquaste, die –«
»Ruf sie an«, sagte Jezabel. »Ruf sie jetzt sofort an. Frag, was sie herausgefunden haben.«
War sie jetzt doch verrückt geworden? »Ich habe kein Telefon!«
Sie stieß ein Schnauben aus – und fischte ein Handy aus der Tasche ihres Rockes. »Hier!« Sie drückte es Justus in die Hand. »Mach schon! Willst du es nicht selbst wissen?«
Völlig verrückt, dachte Justus. Aber er tippte schon die Nummer der Zentrale ein und wartete ungeduldig, bis es klickte.
»Guten Tag, hier spricht Bob Andrews von den drei Detektiven. Wir –«
»Bob!«, rief Justus. »Bob, hör zu, ich bin –«
»– sind im Moment nicht zu erreichen. Bitte hinterlassen Sie eine Nachricht nach dem Signalton. Hallo Justus, du hattest nach dem Hotel ›Pacific Pearl‹ gefragt. Wir untersuchen es jetzt.« Piep.

Justus zögerte, dann sagte er rasch: »Hotel ›Pacific Pearl‹. Verstanden. Ich werde so schnell wie möglich –« Weiter kam er nicht. Völlig unvermutet entriss ihm die alte Frau das Telefon und sprach jetzt selbst. »Geht nicht dorthin! Was immer ihr vorhabt, bleibt weg vom ›Pacific Pearl‹!« Sie schob das Handy wieder in die Tasche und drehte sich zu Justus um. Ihre frühere Ruhe war wie weggeblasen. »Du musst sie aufhalten, Junge. Sie sind in großer Gefahr. Sie dürfen das Hotel nicht betreten!«

Hotel Pacific Pearl

»Wie weit ist es noch?«, fragte Peter.
Bob knipste die Taschenlampe an und leuchtete auf die Karte, die auf seinen Knien lag. »Nicht mehr weit. An der nächsten Abzweigung rechts.«
»Komische Gegend für ein Hotel«, sagte Peter und lenkte den MG um ein großes Schlagloch herum. »Weit und breit kein anderes Haus, keine Golfplätze, auch keine Andenkenläden, nichts ...«
»Es wird schon etwas anderes Exklusives geben. Geführte Wanderungen zu den Hollywood-Buchstaben zum Beispiel.« Bob wies nach rechts aus dem Fenster. Dort erhob sich der Mount Lee über dem gleißenden Lichtermeer der Stadt. Die Buchstaben waren von hier aus nicht zu sehen.
»Na, ich jedenfalls hab genug von den Dingern.«
»Ich auch – pass auf! Die Abzweigung!«
Peter stieg auf die Bremse und der MG kam schlitternd zum Stehen. »Was? Wo denn?«
»Es war eine ziemlich schmale Straße«, sagte Bob, »aber ich glaube, ich habe ein Schild gesehen.«
Peter setzte vorsichtig ein paar Meter zurück, und jetzt sah er die Abzweigung auch. Sie führte auf eine Straße, die früher einmal gleichmäßig geteert gewesen sein mochte, doch jetzt nur noch aus grasüberwucherten, zersprungenen Asphaltplatten bestand. Aber am Straßenrand stand tatsächlich ein Schild, eine verwitterte Platte aus rissigem Holz. Die Hälfte der Metallbuchstaben fehlte. Der Rest besagte: H TE P F C PE L.
»Sieht ja sagenhaft modern aus«, sagte Peter und bog ab. »Irgendwie glaube ich nicht so recht an deine geführten Wanderungen. Sag mir nochmal, warum wir das alles auf uns nehmen,

während unser Erster in irgendeinem Kerker gemütlich vor sich hinschmachtet.«

»Damit er uns nachher sagen kann, was wir alles falsch gemacht haben.« Aber Bob klang nicht sehr belustigt. »Hoffentlich geht es ihm gut.«

Peter nickte. Eigentlich war ihm auch nicht nach Scherzen zu Mute. Und die verlassene, schon vor langer Zeit durch Bergrutsche und Dauerregen zerstörte Straße machte ihn auch nicht fröhlicher.

Dann erblickte er das Hotel und seine Laune fiel schlagartig unter den Nullpunkt. Er bremste, und dann saßen sie eine Weile nur da und schauten es sich an.

Vor fünfzig Jahren war dieses Gebäude sicher einmal ein Hotel gewesen. Es war im Stil einer alten europäischen Villa erbaut, mit unzähligen Türmchen, Vorsprüngen, Erkern und verzierten schmiedeeisernen Gittern an den Balkonen. Aber dann hatten seine Besitzer es der sengenden kalifornischen Sonne, regnerischen Stürmen, Erdbeben, Feuer, Bergrutschen und nicht zuletzt achtlosen oder gewalttätigen Leuten preisgegeben, und jeder dieser Faktoren hatte seine Spuren hinterlassen. Jetzt war von dem Haus nur noch eine baufällige, halb ausgebrannte Hülle übrig geblieben, deren Dach in einem Sturm davongeflogen war und sich über die angrenzenden Berge verteilt hatte. Im bleichen Licht des Mondes waren die Fenster klaffende schwarze Höhlen.

»Willkommen in der Touristenmetropole Los Angeles«, sagte Bob.

»Vergessen wir's!«, sagte Peter. »Unsere Schlussfolgerung war eben falsch! In dem Ding finden wir niemals einen Hinweis – und ich bin auch gar nicht so wild darauf, reinzugehen! Da drin hausen wahrscheinlich Dutzende Gespenster!«

»Na toll! Wir gehen nach Hause – und was wird aus Justus?«

Es gab eine Pause. Dann stieg Peter aus, knallte die Autotür zu und marschierte auf die Ruine zu. Bob folgte ihm. »Warte! Ohne Taschenlampe brichst du dir nur den Hals!«
Peter blieb stehen und wartete, bis Bob ihn eingeholt hatte. Dann setzten sie ihren Weg fort und Bob beleuchtete die zerklüfteten Überreste der Straße. Es war sehr still. In den Sträuchern abseits der Straße zirpten Grillen. Sie stiegen die knackenden Holzstufen zur Eingangstür hoch, die schief in den Angeln hing. Das Licht der Taschenlampe huschte über zerbrochene Schindeln, einen kaputten Stuhl und einen alten Kühlschrank, den jemand offenbar aus einem Fenster geworfen hatte und der zur Hälfte in den zerbrochenen Brettern der Veranda steckte.
Bei jedem Knacken zuckten Peter und Bob zusammen, aber dann schlüpften sie doch durch die finstere Türöffnung ins Innere des Gebäudes.
Sie standen in einer großen Halle – die nur deshalb so groß war, weil die gesamte Zwischendecke zum oberen Stockwerk eingestürzt war. Der Boden war ein Durcheinander aus Trümmern, geschwärzten Holzbalken, zersplitterten Brettern, Schutt und Staub. Schwarz ragten die Mauern gegen den Sternenhimmel.
»Hier finden wir doch nie etwas!«, zischte Peter und zuckte zusammen, als seine Stimme als geisterhaft verzerrtes Echo zurückkam.
Auch Bob war ratlos. Er ließ das Licht der Lampe durch die ganze Halle wandern, entdeckte aber nichts, das ihnen weiterhalf. »Ich glaube dennoch, dass wir hier richtig sind.« Das Licht wanderte nach rechts und fiel auf eine Türöffnung. »Lass es uns mal da drin versuchen.«
Sie kletterten über Trümmer und Schutt und erreichten die Türöffnung. Aber schon eine kurze Untersuchung zeigte, dass

der Raum völlig leer war. Außer einer in Fetzen herunterhängenden Tapete gab es nichts zu sehen.
»Es muss in der Halle sein«, sagte Bob und drehte sich um. Er leuchtete die finstere Halle noch einmal ab – und stockte. »Da oben!«
»Was? Wo?« Peter folgte seinem Blick. Am gegenüberliegenden Treppenaufgang hing etwas, das aussah wie eine bleiche Scheibe. Es dauerte einen Moment, bis er es erkannte. »Eine Uhr!«
»Und sie zeigt 16.15 Uhr an«, ergänzte Bob triumphierend. »Das ist es! Bestimmt verbirgt sich der Beweis, Hinweis oder was auch immer in der Uhr!«
»Jetzt müssen wir nur noch hinkommen.« Peter schaute sich kritisch um. »Am besten bleibst du hier und leuchtest mir den Weg. Ich klettere da rechts hinüber.«
»Aber sei vorsichtig.«
Peter lachte, hörte jedoch gleich wieder damit auf, als er das Echo bemerkte. »Ich bin immer vorsichtig.«
»In Ordnung. Wenn ich ein Gespenst sehe, bewerfe ich es mit Schutt, damit es dich in Ruhe lässt.«
»Musstest du damit anfangen? Jetzt würde ich am liebsten sofort nach Hause fahren. Wenn wir diese Sache hinter uns haben, schuldet Justus mir ein riesiges Eis. Ach was – eine komplette Eisdiele!«
Langsam und sorgfältig suchte er sich einen Weg über den Schuttberg. Er testete jedes Brett und jede Platte, bevor er sein Gewicht verlagerte. Bob beobachtete ihn, machte sich aber keine allzu großen Sorgen. Als guter Sportler kannte Peter seinen Körper genau, konnte das Gleichgewicht halten und genau einschätzen, was er tat. Tatsächlich erreichte er die Treppe ohne Probleme, stieg ein paar Stufen hinauf, hockte sich hin und griff durch das Geländer nach der Uhr, die jetzt

unterhalb von ihm hing. Mit einem raschen Griff zog er sie zu sich hoch.
Im nächsten Augenblick gaben die Treppenstufen unter ihm nach und mit einem Aufschrei stürzte Peter in die Tiefe.

»Peter!«, schrie Bob. Ohne nachzudenken, kletterte er auf den Schuttberg – nicht halb so vorsichtig, wie Peter es gewesen war. Weil er beide Hände brauchte, um sich festzuhalten, klemmte er die Taschenlampe zwischen die Zähne, so dass der Lichtstrahl wild über die Wände zuckte und Bob nicht sehen konnte, wohin er trat. Er rutschte ab, stolperte, griff in scharfe, gesplitterte Kanten und schürfte sich den Arm auf, doch er beachtete es gar nicht. Als er den Schuttberg überquert hatte, leuchtete er die übrig gebliebenen Treppenstufen ab. Sie sahen gar nicht morsch aus, aber er wagte trotzdem nicht, sie zu betreten. »Peter!«
»Ich bin noch da«, kam Peters Stimme aus dem klaffenden Loch, in das er gefallen war.
Bob wurde es fast schlecht vor Erleichterung. »Wie tief ist es?«
»Keine Ahnung«, war die Antwort. »Ich falle noch – Quatsch, ich hänge noch!«
»Was?« Bob trat einen Schritt vor und leuchtete mit der Taschenlampe nach oben. Und da sah er tatsächlich Peters Hände, die das Geländer umklammerten. »Mensch, hast du mich erschreckt! Soll ich dich hochziehen?«
»Lass mal, das schaffe ich allein ... falls die restlichen Stufen nicht auch wegbrechen. Leuchte mal hierher.«
Bob hielt die Taschenlampe hoch. Langsam zog Peter sich an den Geländerstangen hoch und schwang endlich ein Bein auf die letzte noch vorhandene Treppenstufe. Sie knarrte und beide Jungen erstarrten. Aber sie hielt. Zentimeterweise verlagerte Peter sein Gewicht. Dann löste er eine Hand vom Geländer

und streckte sie Bob hin. Bob ergriff sie und zog Peter langsam zu sich hin.
Endlich stand Peter wieder sicher auf den Beinen. »Siehst du«, sagte er mit etwas zittriger Stimme, »ist doch gut, wenn man sportlich ist. Das ging mindestens drei Meter nach unten.«
»Allerdings«, sagte Bob, der genauso zitterte. »Wenn ich mir vorstelle, ich oder Justus hätten das versucht … wir wären todsicher abgestürzt. Das ist das spannendste Rätsel nicht wert.«
»Du weißt ja noch nicht alles«, sagte Peter. »Guck dir mal die Treppenstufen an, die da weggebrochen sind.«
»Wieso?« Bob hob die Taschenlampe. »Mir fällt nichts auf. Das ist einfach nur ein Loch –« Er stockte und schaute noch einmal genauer hin. Und schluckte.
Es war nicht einfach nur ein Loch. Statt der zersplitterten Holzbretter, die er erwartet hatte, sah er eine sauber geschnittene Öffnung, wo die Stufen schlicht nach unten weggeklappt waren.
»Das ist doch absolut teuflisch!«
»Genau«, sagte Peter grimmig und hob die Uhr auf, die er bei seinem Absturz fallen gelassen hatte. »Und jetzt möchte ich doch mal wissen …« Er drehte sie um und untersuchte die Rückseite. »Das habe ich mir gedacht. Sieh dir mal da oben an der Wand die Stelle an, wo sie gehangen hat.«
Bob nickte. »Ein Hebel. Das heißt, in dem Moment, als du die Uhr abgenommen hast, wurde der Mechanismus ausgelöst.«
»Stimmt. Und jetzt lass uns – he, warte mal. Die Rückseite lässt sich öffnen!« Er klappte die Uhr auseinander, stieß einen Pfiff aus und zog einen zusammengefalteten Zettel aus dem Gehäuse. »Das ist ja die reinste Schnitzeljagd! *Jetzt* lass uns abhauen.«
In diesem Moment klingelte das Handy in Bobs Hosentasche. Vor Schreck fuhren sie beide zusammen und Bob ließ beinahe

die Taschenlampe fallen. Er drückte sie Peter in die Hand und zog das Handy heraus. »Bob Andrews von den drei –«

»Bob!«, schrie Justus' Stimme. »Peter! Geht nicht in das Hotel! Es ist eine Falle!«

Bob holte tief Luft. »Danke für den Tipp, Erster. Das haben wir auch gerade herausgefunden.«

Ein teuflischer Plan

Eine Viertelstunde später wurden Peter und Bob mit dem Anblick des Ersten Detektivs belohnt, der, mit einer abscheulichen alten Jacke und einer Schlafanzughose bekleidet, schnaufend über die Bergkuppe joggte.
»Ausgezeichnete Arbeit, Kollegen«, japste er, als er bei ihnen ankam und sich die Seiten hielt. »Was habt ihr herausgefunden?«
»Wir freuen uns auch sehr, dich wohlbehalten wiederzusehen, lieber Justus«, sagte Peter. »Hör mal, ich bin gerade beinahe in dieser Bruchbude ums Leben gekommen! Willst du nicht wenigstens fragen, wie es mir geht?«
»Nun, da du ebenso wohlbehalten vor mir stehst, muss ich das nicht fragen«, erwiderte Justus. »In diesem Fall vertraue ich dem optischen Anschein.«
Halb lachend, halb verzweifelt schüttelte Peter den Kopf. »Du änderst dich nie! Also, wo in aller Welt bist du gewesen? Und was in aller Welt hast du da an?«
Justus ignorierte die letzte Frage. »Ich habe Ermittlungen angestellt.«
»Ohne uns etwas zu sagen? Wir dachten schon, dir sei wer weiß was passiert! Wir dachten, du wärst entführt worden oder so etwas!«
»Gut kombiniert, Zweiter. Es stimmt auch.«
»Und das sagst du so einfach?« Peter schüttelte den Kopf. »Deine Nerven möchte ich haben! Wie hast du dich befreit? Oder haben sie dich freigelassen? Was wollten sie?«
»Das erzähle ich euch alles später. Zuerst will ich mir diese Falle ansehen, die ihr entdeckt habt.«
»›Entdeckt‹ ist ein wirklich gutes Wort«, sagte Bob. »Und ich

gehe nicht nochmal in dieses Haus. Aber ich habe einen Tipp für dich. Wenn du wissen willst, wie die Falle ausgelöst wird, häng die Uhr an den Hebel in der Wand, stell dich auf die fünfte Treppenstufe, greif durch das Geländer und nimm die Uhr wieder ab. Ich bin gespannt, ob du auch so schnell reagierst wie Peter.«

»Wahrscheinlich nicht«, sagte Justus unbeeindruckt. »Was passiert, wenn man die Uhr wegnimmt?«

»Die vierte, fünfte und sechste Treppenstufe klappen weg, und wenn du dich nicht schnell genug am Gitter festhalten kannst, stürzt du mehrere Meter tief in den Keller und brichst dir alle Gräten.«

»Das ist außerordentlich interessant«, sagte Justus. »Kann es nicht sein, dass die Treppe morsch war und einfach zerbrochen ist?«

Peter schüttelte den Kopf. »Das habe ich zuerst auch gedacht. Aber die Stufen sind nicht zerbrochen. Die sind sauber unter mir weggeklappt – wie eine Falltür.«

»Ausgezeichnet, Kollegen! Das bestätigt meine These, dass wir es hier nicht mit einem Verbrecher zu tun haben, sondern mit zweien.«

»Wieso das denn?«

»Das erkläre ich euch in der Zentrale, wo ich meine geistigen Fähigkeiten mit Hilfe eines hoffentlich noch vorhandenen Stracciatellajoghurts optimieren werde.«

»Deine sozialen Fähigkeiten hoffentlich auch«, sagte Peter. »Interessiert dich übrigens der Zettel, den wir in der Uhr gefunden haben?«

»Selbstverständlich. Es wird Zeit, dass wir uns eingehend mit diesen Zetteln befassen. Ich habe nämlich auch einen.«

In der Zentrale ließ Justus den Kühlschrank jedoch zunächst in Ruhe, fiel stöhnend in den Sessel und fing an, sich die dreckigen, zerfetzten Lumpen von den Füßen zu wickeln. »Ich glaube, ich kann nie mehr aufstehen. Ich bin die ganze Zeit auf einem Knopf gelaufen!«
»Einem Knopf?«, fragte Bob. »Was war das denn früher für ein Kleidungsstück?«
»Meine Schlafanzugjacke. Ich werde Tante Mathilda bitten, von allen meinen Schlafanzugoberteilen die Knöpfe abzuschneiden, damit ich beim nächsten Mal gewappnet bin.«
»Nächstes Mal nimmst du eben die Schlafanzughose«, sagte Peter trocken und erntete einen vernichtenden Blick des ersten Detektivs. Er grinste und fuhr fort: »Also, erzählst du uns jetzt, wer dich entführt hat und warum?«
»Später. Lasst uns zuerst sehen, was auf den Zetteln steht.« Er holte ein gefaltetes Stück Papier aus der Tasche, faltete es umständlich auseinander und las vor:

lustigen Spiele unserer Kindheit? Ich schon. Obwohl ich mich über manchen deiner Streiche sehr geärgert habe, zum Beispiel den mit der Biberpfote. Aber ich habe mich ja gebührend gerächt. Wie HOch bist du gestiegen, und wie Laut habe ich geLacht!
Aber das ist nun alles lange vorbei, verflogen wie Herbst-

»Biberpfote?«, sagte Bob.
»Die Puderquaste.«
»Ach ja, klar. Und das Stück passt genau zu dem Zettel, den ich habe!«
»Zu meinem auch«, sagte Peter nach einem raschen Blick auf seinen Fund. »Hört mal zu.«

laub. Hoch gestiegen, tief gefallen. Aber das alte Haus war unsere Zuflucht. Und wie viele Erinnerungen sind im Schatten der wilden Kirschbäume verborgen!
Vielleicht erinnerst du dich an meine kleinen Marotten, vielleicht auch nicht. So, wie du in den Spiegel

»Und jetzt meiner«, sagte Bob. »Der kommt vermutlich an den Anfang.«

Er legte den Zettel, den sie in der Puderquaste gefunden hatten, auf den Tisch. Justus stand auf, humpelte zum Tisch und legte seinen Zettel darunter, dann holte er den Joghurt aus dem Kühlschrank und kam zurück. Zusammen mit Peters Zettel stand da nun:

ist, aber es fällt mir nicht leicht. Jahrelang habe ich auf eine Geste von dir gewartet, und nichts ist gekommen. Ohne Audys einzigen Brief an ihre Tante hätte ich nie erfahren, dass du bereust, was du mir angetan hast. Ich hätte dir gerne die Hand zur Versöhnung gereicht. Jetzt ist es dafür zu spät. Ich habe mir ein letztes Spiel ausgedacht. Erinnerst du dich an die

lustigen Spiele unserer Kindheit? Ich schon. Obwohl ich mich über manchen deiner Streiche sehr geärgert habe, zum Beispiel den mit der Biberpfote. Aber ich habe mich ja gebührend gerächt. Wie HOch bist du gestiegen, und wie Laut habe ich geLacht!
Aber das ist nun alles lange vorbei, verflogen wie Herbst-

laub. Hoch gestiegen, tief gefallen. Aber das alte Haus war unsere Zuflucht. Und wie viele Erinnerungen sind im Schatten der wilden Kirschbäume verborgen!
Vielleicht erinnerst du dich an meine kleinen Marotten, vielleicht auch nicht. So, wie du in den Spiegel

»Komischer Brief«, sagte Peter.
»Und da fehlen noch immer mindestens zwei Teile.« Bob runzelte die Stirn. »Ich verstehe den Sinn dieses Briefs nicht. Was hat das Hotel ›Pacific Pearl‹ mit den Hollywood-Buchstaben zu tun? Und warum hat jemand diese Schnipsel an so verrückten Orten versteckt? Da konnte sie doch kein Mensch finden, ohne sich das Genick zu brechen!«
»Richtig, Bob«, sagte Justus und löffelte seinen Joghurt. »Und damit hast du das zentrale Motiv dieses Rätsels erfasst.«
»Ach ja? Und was soll das bitte sein?«
»Es gibt mehrere Unbekannte in dieser Geschichte«, sagte Justus. »Erstens derjenige, der ein Gespenst imitierte, um irgendwelche Leute, die mal eben so mitten in der Nacht auf das Hollywood-H klettern, so zu erschrecken, dass sie herunterfallen und sich alle Knochen brechen. Zweitens derjenige, der tatsächlich hinaufkletterte, herunterfiel und sich zwar nichts brach, aber eine Puderquaste verlor.
Der nächste Unbekannte ist mein Entführer, der vermutlich in meinem Zimmer nach der Puderquaste suchte, weil er von unserer Zentrale nichts wusste. Als er die Quaste nicht fand, betäubte er mich und nahm mich mit, in der Hoffnung, von mir zu erfahren, was die Botschaft besagte. Leider wusste ich zu diesem Zeitpunkt noch nichts von einer Botschaft – ihr habt sie ja erst später entdeckt. Ich muss euch übrigens noch einmal zu eurer außerordentlich guten Detektivarbeit beglückwünschen.

Selbst ich hätte eine Weile gebraucht, um herauszufinden, was es mit ›Audys Brief‹ auf sich hatte.«
»›Selbst ich‹ … sag mal«, wandte Bob sich an Peter, »wie schafft er es eigentlich immer wieder, lobend und gleichzeitig herablassend zu klingen?«
Peter zuckte die Achseln. »Just ist eben ein Naturtalent.«
»So war es aber nicht gemeint«, sagte Justus. »Jedenfalls ist mein Entführer identisch mit dem Unbekannten, der auf das H geklettert ist.«
»Woher weißt du das?«
»Er hatte die Botschaft des ersten Zettels enträtselt. Fällt euch nicht die komische Schreibweise auf?

*Wie **HO**ch bist du gestiegen, und wie **L**aut habe ich ge**L**acht!*

Die vier Buchstaben ergeben HOLL – das kann hier in der Gegend nichts anderes heißen als Hollywood. Und der Brief gibt auch eine klare Anweisung – man muss hoch steigen. Also ist unser Unbekannter nach einigem Knobeln auf die Idee gekommen, den Buchstaben einen Besuch abzustatten. Und da wartete dann auch gleich das Gespenst.«
Peter runzelte die Stirn. »Aber das kann doch auch Zufall sein. Ich hätte aus diesen dürren Andeutungen nie erraten, dass es um die Buchstaben gehen sollte.«
»Stimmt«, sagte Justus. »Deshalb denke ich, dass der Unbekannte über diesen seltsamen Brief erheblich mehr weiß. Vielleicht hat er vorher schon einmal einen Teil gefunden. Oder er kannte Casey Wye und hat von ihr einen Tipp bekommen. Wir müssen mehr über die Dame herausfinden.«
»Einiges wissen wir ja schon«, sagte Bob. »Sie war Schauspielerin, schrieb angeblich ein Drehbuch namens ›Das Gespenst von Hollywood‹, aber ihr Ehemann Harold Packleham verkaufte das Drehbuch unter seinem eigenen Namen und strich

die Gewinne ein, als der Film ›Schatten über Hollywood‹ erschien. Wye trennte sich von ihm, verklagte ihn und verlor den Prozess. Danach ging es mit ihr abwärts, bis sie eines Tages in die Wüste fuhr und verschwand. Vor zwei Monaten wurde sie für tot erklärt und das Testament wurde eröffnet.«

»Und zwei Monate danach gibt es ein Rätsel.« Justus nickte. »Wir müssen herausfinden, was in dem Testament stand. Bob, am besten gehst du morgen –«

»Nicht so schnell, Erster!«, rief Peter. »Du hast uns noch nicht verraten, wie du dem Entführer entkommen bist! Wo bist du gewesen? Und wie konntest du das ›Pacific Pearl‹ so schnell finden?«

»Ja, das ist eine seltsame Geschichte«, sagte Justus und erzählte ihnen nun alles über die alte Frau, die sich Jezabel nannte, in einer Geisterstadt hauste und Überreste von Träumen sammelte. »Das Tollste war, dass diese Stadt ganz in der Nähe der Ruine liegt. Ich brauchte bloß einen Berg hochzuklettern und war schon da!«

»Und diese Verrückte hat dich zum ›Pacific Pearl‹ geschickt, um uns aufzuhalten?«, fragte Peter ungläubig. »Aber woher wusste sie denn, dass das eine Falle war?«

»Ich habe da so eine Vermutung«, sagte Justus.

»Ich auch«, sagte Bob. »Du glaubst, dass die Alte in Wirklichkeit Casey Wye ist, stimmt's? Nicht tot, sondern untergetaucht. Es wäre ja nicht das erste Mal, dass wir mit so etwas zu tun haben.«

Justus nickte. »Es ergäbe einen Sinn. Als ich sie traf, sagte sie: ›Du kommst mir also in die Quere‹. Das habe ich erst verstanden, als ich begriff, dass die Botschaft euch in eine Falle locken würde. Es passt nämlich hervorragend zu dem Motiv, das sich hier allmählich erschließt.«

»Ach ja, das Motiv«, sagte Peter. »Und das wäre?«

»Rache.«
»Wie bitte? Was haben wir ihr denn getan?«
»Wir doch nicht, Peter! Aber ihr Ex-Ehemann Harold Packleham, der sie ausgenutzt, betrogen und ruiniert hat!«
»Und du meinst, sie hat das alles für ihn inszeniert? Den Brief, die Schnitzeljagd – und die Falle?«
»Zwei Fallen. An den Hollywood-Buchstaben wartete das Gespenst, um Packleham beim Klettern so zu erschrecken, dass er abstürzt. Und für den Fall, dass er den Sturz überlebt, wartete im Hotel ›Pacific Pearl‹ die wegklappbare Treppe.« Justus nickte. »Sie hat nicht nur riskiert, dass er sich verletzt – sie will ihn umbringen!«
»Aber nur ihn«, sagte Peter. »Sonst hätte sie dich nicht gerettet und losgeschickt, um uns zu warnen. Also sind wir ihrem teuflischen Mordplan in die Quere gekommen. Das ist ja eine ganz reizende alte Dame.«
»Das klingt logisch«, sagte Bob. »Ihr überseht nur zwei Kleinigkeiten.«
»Und die wären?«, fragte Justus.
»Erstens kann ich mir nicht vorstellen, wie selbst die mordlustigste alte Dame auf dem Hollywood-H herumturnt und Bettlaken anbringt oder tödliche Treppenfallen konstruiert. Und zweitens nützt ihr auch der genialste Racheplan nichts, weil Harold Packleham nämlich schon tot ist. Vor zwei Jahren ist er an Kehlkopfkrebs gestorben.«

Crowle & McSnail

Die drei ??? waren sich einig, dass nur das Testament ihnen jetzt weiterhelfen konnte. Bob wühlte sich durch alte Zeitungsartikel und fand schließlich heraus, dass der Prozess Wye gegen Packleham von der Anwaltskanzlei Crowle & McSnail geführt worden war. Also machten sie sich am nächsten Tag auf den Weg, um die Anwälte zu besuchen. Die Kanzlei war schnell gefunden. Sie lag in Santa Monica, auf halbem Weg zwischen Rocky Beach und Los Angeles. Es war ein recht altes Gebäude, von dem der Putz abblätterte. Bob parkte seinen gelben VW Käfer hinter einem schäbigen alten Auto, auf dessen Sitzen haufenweise zerknülltes Papier, Zigarettenstummel und anderer Müll lag. Die drei ??? stiegen aus und überquerten die Straße. ›Anwälte Crowle & McSnail, 1. Stock‹ stand auf einem dunkel angelaufenen Messingschild, das vermutlich zum letzten Mal vor zehn Jahren poliert worden war. Justus drückte auf die Klingel und nach kurzer Zeit hörten sie das Summen des Türöffners. Sie traten ein und fanden sich in einem Gang wieder, auf dem ein abgetretener, brauner Teppich zu einer dunklen Holztreppe führte. Zwei Türen rechts und links des Flurs waren geschlossen. Das Haus roch modrig, verqualmt und muffig, als hätte die Sonne Kaliforniens es vergessen. Justus schnupperte ausgiebig, sagte aber nichts. Die drei ??? stiegen die Treppe hinauf und gelangten in einen weiteren Flur. Auch hier waren alle Türen geschlossen, aber sie fanden das Schild der Anwaltskanzlei schnell. Justus klopfte. Es dauerte einen Moment, bis sich die Tür öffnete und der durchdringende Geruch von Zigarettenrauch die drei ??? fast erstickte.

Ein alter Mann stand vor ihnen – eine kleine, verkrümmte, faltige Gestalt mit dünnen, schlohweißen Haaren. Auf der langen

Nase saß ein ebenso uralter Kneifer, der ständig herunterzufallen drohte. Der Mann steckte in einem grauen Anzug, der so aussah, als wäre er kurz nach dem Ersten Weltkrieg aus alten Säcken um seinen Träger herumgenäht und seither nie wieder abgenommen worden. Seine Hände waren schrumpelig und endeten in hässlichen gelben Fingernägeln. Er machte einen verwahrlosten und ungepflegten Eindruck, aber seine Augen waren scharf und klar. Misstrauisch musterte er die drei Detektive. »Ja?« Auch seine Stimme verriet nichts über sein Alter.

»Guten Tag, Sir«, sagte Justus höflich. »Wir möchten gerne Mr Crowle oder Mr McSnail sprechen. Sind Sie Mr McSnail?«

»Ja. Um was geht es?«

»Das möchten wir nicht auf dem Flur besprechen, Sir. Dürfen wir hereinkommen?«

»Von mir aus«, knurrte Mr McSnail und ließ sie herein. »Aber lasst euch nicht einfallen, mich ausrauben zu wollen. Erstens habe ich kein Geld hier. Und zweitens werden alle Räume überwacht … sehr gut überwacht.«

Besser hätte Justus es auch nicht ausdrücken können. Die Kanzlei schien über fünf große Räume zu verfügen, und in allen Ecken und Winkeln waren Kameras befestigt, die jede Bewegung auf jedem Zentimeter registrierten. Drei der Kameras waren auf die Eingangstür gerichtet und schwenkten herum, um die drei ??? auf Schritt und Tritt zu filmen.

Der alte Mann führte sie in ein großes Arbeitszimmer, das hauptsächlich aus verschlossenen Aktenschränken, alten Schreibtischen voller loser Unterlagen, vollen Aschenbechern und Tonnen von Papier bestand. Er setzte sich auf einen Plastikstuhl hinter einem der Tische und zündete sich eine Zigarette an.

Es gab keinen Platz, wo sich die drei ??? hätten hinsetzen kön-

nen, und McSnail bot ihnen nicht an, sich Stühle aus dem Nachbarraum zu holen. Also blieben sie stehen.
»Also? Wer seid ihr?«
»Mein Name ist Justus Jonas und das sind meine Kollegen Peter Shaw und Bob Andrews. Wir sind Detektive. Darf ich Ihnen unsere Karte geben, Sir?«
Der alte Mann zog eine Augenbraue hoch. »Detektive, so. Dann gib mal her.« Er streckte eine knochige Hand aus und Justus legte die Visitenkarte hinein.
»Die Fragezeichen sind unser Markenzeichen«, erläuterte er. »Wir beschäftigen uns mit Rätseln, mit dem Unbekannten, mit –«
»Kinderkram«, unterbrach der Anwalt ihn barsch. »Das interessiert mich nicht. Was wollt ihr von mir?«
»Nun«, sagte Justus, während Peter und Bob noch empört nach Luft schnappten, »wir interessieren uns für das Testament von Casey Wye, das Sie vor zwei Monaten eröffnet haben.«
»So. Und wieso interessiert ihr euch dafür?«
»Das gehört zu einem Fall, an dem wir gerade arbeiten.«
»So. Gehört ihr zum Kreis autorisierter Personen, die Einsicht in das Testament nehmen dürfen?«
»Wie bitte?«, fragte Peter.
McSnail streifte ihn mit einem kalten Blick. »Habt ihr eine schriftliche Erlaubnis, dass ihr das Testament ansehen dürft?«
»Nein. Wer könnte uns die geben?«, fragte Justus zurück.
Der alte Mann schnaubte. »Casey Wye, Harold Packleham oder einer ihrer rechtmäßigen Erben. Keine Genehmigung, keine Einsicht in das Testament.«
»Gibt es denn rechtmäßige Erben?«
»Darüber gebe ich euch keine Auskunft.«
»Es geht uns nicht so sehr um das Testament«, sagte Justus, »sondern mehr um einen seltsamen Brief, den Mrs Wye hin-

terlassen hat.« Er beobachtete den Anwalt genau. »Sie hat ihn in mehrere Teile zerschnitten.«
Da wurden die scharfen Augen ganz schmal. Der Anwalt veränderte weder seine Haltung noch seine Stimme, aber Justus hatte plötzlich das unangenehme Gefühl, einer zum Zustoßen bereiten Schlange gegenüberzustehen. »Woher wisst ihr das?«
»Wir haben einen der Zettel gefunden.« Justus nickte Bob zu, der die Puderquaste aus der Tasche zog und auf den überquellenden Schreibtisch legte. Eine gelbe Klaue griff danach, und mit einer raschen Bewegung schraubte McSnail die Quaste auseinander, zog den Zettel heraus und las ihn. Die drei ??? beobachteten ihn, aber er ließ sich nichts mehr anmerken. Er legte den Zettel auf den Tisch. »Damit kann ich nichts anfangen.«
»Erkennen Sie wenigstens die Handschrift?«, fragte Peter. »Ist es die von Casey Wye?«
»Ja, das ist ihre Schrift.« Der Anwalt sog heftig an der Zigarette und stieß eine Wolke von blauem Qualm aus. »Und die Puderquaste war ihr Talisman, ihr Glücksbringer. Sie hatte ihn immer bei sich. Schauspieler sind ein bisschen verrückt. Wo habt ihr sie gefunden?«
»Das können wir Ihnen leider nicht sagen.« Justus steckte die Puderquaste und den Brief wieder ein und log kaltblütig weiter: »Und der Brief interessiert uns auch nicht so – es steht ja nichts Wichtiges darin. Aber wir haben herausgefunden, dass Mrs Wye behauptete, ein Drehbuch geschrieben zu haben, das dann von ihrem Ehemann verfilmt wurde. Es hieß ›Schrecken über Hollywood‹ oder so ähnlich. Wissen Sie etwas darüber?«
»›Schatten über Hollywood‹«, sagte McSnail. »Das ist kein Geheimnis. Der Film hat Harold Packleham reich und Casey Wye arm gemacht.«
»Kann man ihn noch irgendwo ansehen?«, fragte Bob. »Ich

habe in unserer Videothek nachgefragt, aber da kannte ihn niemand.«
»Nein, er ist nicht mehr im Umlauf.« Der Anwalt bleckte gelbe Zähne zu einem Lächeln. »Und er kommt auch nicht im Fernsehen.«
»Um was ging es denn in dem Film?«, fragte Justus harmlos.
»Um eine Nachwuchsschauspielerin namens Rosamund, die es trotz großer Begabung und böser Tricks nicht schaffte, zum Star zu werden. Am Ende beging sie Selbstmord. Harold bekam eine Menge Ärger durch diesen Film ... nicht nur von Casey, sondern auch von Produzenten, die ihn beschimpften, den Ruf Hollywoods zu beschädigen.«
Er zündete eine neue Zigarette an. »Aber das Publikum liebte den Film und er bekam immerhin zwei Goldene Raben. Eine Reihe erstklassiger Stars spielte darin mit ... ironisch genug, dass sie alle eine ›Was wäre, wenn‹-Version ihrer eigenen Erfolgsgeschichte spielten. Von fünftausend hoffnungsvollen Talenten schaffen es vielleicht zehn, entdeckt zu werden. Und nur einer von ihnen erlebt jemals den Durchbruch zum Star. Das war damals noch schlimmer als heute. Sie tanzten alle auf einem dünnen Seil zwischen Aufstieg und Absturz. Und wer einmal abstürzte, kam nie wieder hoch. Hollywood kennt kein Mitleid mit den Verlierern.«
Justus dachte wieder an Jezabel. »Und Casey Wye?«
»Stürzte ab«, war die knappe Antwort.
»Hat sie wirklich das Originaldrehbuch geschrieben?«
»Das wurde nie bewiesen.«
»Und was glauben Sie?«
»Das ist unwichtig.«
»Kannten Sie Mrs Wye denn? Warum hat sie das Testament bei Ihnen deponiert?«
»Sie engagierte mich, um ihre Verträge zu prüfen. Später war

ich einer der Kläger im Prozess gegen ihren Mann. Als sie ihn verlor, brach sie den Kontakt zu mir ab. Jahre später stand sie dann plötzlich vor meiner Tür und übergab mir das Testament. Zwei Wochen danach verschwand sie. Ich habe sie nie wiedergesehen.«

Einer der Bildschirme auf den Tischen flackerte plötzlich und ging an. McSnail warf einen Blick darauf und stand auf. »Ihr solltet jetzt gehen. Mein Partner kommt zurück und wir haben viel zu tun.«

Neugierig drehten sich die drei Detektive um. Auf dem Bildschirm was das Bild einer Überwachungskamera zu sehen, die von schräg oben die Haustür zeigte. Dort kramte ein sehr groß und massig aussehender Mann in seiner Tasche, holte einen Schlüssel heraus und schloss die Tür auf.

»Vielen Dank, Sir«, sagte Justus, drehte sich zur Tür, stutzte und drehte sich noch einmal um. Etwas auf dem Schreibtisch hatte seinen Blick auf sich gezogen. Aber er hatte keine Zeit, es sich genauer anzusehen. Schwere, ungleichmäßige Schritte stampften die Treppe hinauf. Justus drängte Peter und Bob zur Tür. »Kommt, Kollegen! Auf Wiedersehen, Sir!«

Der Schlüssel drehte sich im Schloss. Der große Mann trat ein. Flink schlüpften die drei ??? an ihm vorbei und liefen die Treppe hinunter.

»Warum hast du es denn plötzlich so eilig?«, rief Peter. Justus antwortete nicht. Er lief über die Straße und wartete ungeduldig, bis Bob den Käfer aufschloss. »Mach schnell, Bob! Weg hier!«

»Was ist denn los?«

»Nicht hier!« Justus kletterte ins Auto. »Fahr!«

Erst ein paar Straßen entfernt entspannte er sich. »Das war knapp. Halt mal an, Bob, ich brauche eine Pause.«

»Wovon? Wir haben doch nichts herausgefunden.«

»Doch, haben wir. Habt ihr das Ding auf dem Schreibtisch gesehen, das aussah wie ein Kopfhörer mit einem langen Kabel?«

»Ja und?«, fragte Peter. »Was war daran so Besonderes?«

»Es war kein Kopfhörer. Sondern ein Kehlkopfmikrofon.«

»Und?«

»Ich habe euch doch von dem Entführer erzählt. Er trug so ein Kehlkopfmikrofon. Und von der Statur her würde es auch passen – nur ein großer, kräftiger Mann könnte mich so mühelos wegtragen. Und auch der muffige Zigarettengeruch kam mir gleich bekannt vor. Ich vermute, dass McSnails Partner Crowle der Mann ist, der mich entführt hat!«

Ein Mann stürzt ab

In der Zentrale blinkte das rote Lämpchen des Anrufbeantworters, aber der Anrufer hatte nur das Ende der Ansage abgewartet und dann sofort aufgelegt. Justus warf einen Blick auf die Zeitanzeige. »Der Anruf kam etwa eine Viertelstunde nachdem wir die Kanzlei verlassen hatten. Genug Zeit für McSnail, seinem Partner alles über den Brief zu erzählen. Und wenn Crowle schlau ist, bringt er ›Hotel Pacific Pearl‹ sofort mit ›Audys Brief‹ in Verbindung. Als McSnails Partner muss er ja das Testament und die Lebensgeschichte von Casey Wye kennen. Und weil er nicht weiß, dass wir den Brief aus der Uhr schon haben, fährt er bestimmt dorthin. Habt ihr die Uhr eigentlich wieder aufgehängt?«

»Und die Falle neu aufgebaut, damit der nächste hineinfällt und sich den Hals bricht?«, fragte Peter empört. »Natürlich nicht! Wir haben alles gelassen, wie es war.«

»Bist du denn sicher, dass es wirklich Crowle ist?«, fragte Bob. »Was für ein Motiv sollte er denn haben, anstelle der rechtmäßigen Erben nach den Briefschnipseln zu suchen? Was verspricht er sich davon?«

Justus überlegte. »Vielleicht gibt es etwas Wichtiges zu finden. Caseys Juwelen oder etwas dergleichen. Sie muss einen Hinweis darauf in ihrem Testament hinterlassen haben. Wenn wir es doch nur ansehen könnten!«

»Und warum suchen die rechtmäßigen Erben nicht danach?«, fragte Peter. »Wer sind die überhaupt?«

»Ein Sohn namens Stephen und eine Tochter, Janet«, erwiderte Bob. »Und es wäre ganz schön ärgerlich, wenn Caseys eigene Kinder in die Fallen tappen würden, die sie aufgebaut hat. Was ich ja noch immer bezweifle.«

»Am besten hängst du dich ans Telefon und versuchst herauszufinden, was diese beiden ›Kinder‹ tun«, sagte Justus.
Bob nickte. »Ich weiß auch, wen ich dafür anrufe.« Er setzte sich ans Telefon.
»Und was machen wir?«, fragte Peter.
Justus zog drei Zettel aus der Hosentasche. »Wir rätseln.«

laub. Hoch gestiegen, tief gefallen. Aber das alte Haus war unsere Zuflucht. Und wie viele Erinnerungen sind im Schatten der wilden Kirschbäume verborgen!
Vielleicht erinnerst du dich an meine kleinen Marotten, vielleicht auch nicht. So, wie du in den Spiegel

»Ich geb's auf«, sagte Peter, nachdem er den Zettel zum fünften Mal gelesen hatte. »Es gibt Millionen von alten Häusern und Kirschbäumen in Kalifornien. Das ist jedenfalls kein brauchbarer Hinweis – nur ein blöder Scherz!«
»Es muss ein Hinweis sein!«, widersprach Justus eigensinnig. »Casey hat den Brief so verschlüsselt, dass man die Rätsel nur lösen kann, wenn man ihre Geschichte kennt. Wir müssen es einfach herausfinden!«
»So, müssen wir? Damit wir schnurstracks in die nächste tödliche Falle hineinlaufen können? Hast du schon vergessen, dass ich gestern Nacht fast ums Leben gekommen wäre?«
»Nein, habe ich nicht.« Justus stützte die Arme auf und las den Brief noch einmal durch. Und noch einmal, und noch einmal, bis seine Augen brannten. »Das Einzige, was ich so ungefähr erraten kann, ist ›Hoch gestiegen, tief gefallen.‹ Das ist ein ziemlich gehässiger Kommentar zu dem, was dir gestern Nacht beinahe zugestoßen ist.«
»Ich finde diese alte Dame immer sympathischer.« Peter gähn-

te. »Müssen wir uns wirklich heute Nacht bei der Ruine auf die Lauer legen?«

»Ja«, sagte Justus. »Ich will ganz sicher sein, dass Crowle der Mann ist, der mich entführt hat. Wir tun nicht viel – wir beobachten ihn und suchen dann einen seiner Fußabdrücke, um ihn mit unserem Gipsabdruck zu vergleichen. In all dem Staub da oben finden wir bestimmt etwas!!«

»Und morgen in der Schule schlafen wir alle ein. Was willst du eigentlich deiner Tante und deinem Onkel erzählen, wenn sie herausfinden, dass du zwei Tage gefehlt hast?«

»Darüber denke ich nach, wenn es so weit ist. Bob, hör auf, mit Miss Bennett zu flirten! Hast du etwas herausgefunden?«

Bob, den Hörer am Ohr, winkte nur ungeduldig ab. »Klar, Miss Bennett. Wir kommen am Nachmittag vorbei. Vielen Dank! Bis morgen!« Er legte den Hörer auf und drehte sich um. »Kollegen, haltet euch fest. Miss Bennett kennt den Film ›Schatten über Hollywood‹ und hat ihn als Video! Ausleihen will sie ihn nicht, weil es die einzige ihr bekannte Kopie ist, aber sie ist bereit, uns morgen Nachmittag eine Gratisvorstellung zu geben. Was sagt ihr dazu?«

»Ausgezeichnet, Bob!«, rief Justus begeistert. »Bestimmt finden wir einen weiteren Hinweis! Und was ist nun mit Stephen und Janet Wye-Packleham?«

»Da konnte sie mir auch weiterhelfen. Janet ist vor zehn Jahren zu einem Radiosender nach New York gegangen. Stephen ist noch hier und arbeitet als Ingenieur. Bei der Testamentseröffnung war nur Stephen anwesend. Was ist, fahren wir jetzt zum ›Pacific Pearl?‹«

»Wir hätten McSnail einfach eine Überwachungskamera klauen sollen«, sagte Peter und gähnte erneut herzhaft. »Dann könnten wir sie an der Ruine anbringen und uns in aller Ruhe ins Bett hauen. Bei diesem Fall wimmelt es sowieso von komischen

Mikrofonen und Kameras, da fällt eine mehr oder weniger gar nicht auf.« Er stand auf. »Also los.«
Justus nickte stirnrunzelnd, packte die Zettel ein und folgte seinen Freunden nach draußen.

Auch in dieser Nacht schien der Vollmond auf Los Angeles herab. In der Stadt bemerkte man ihn wahrscheinlich gar nicht, aber außerhalb überflutete er die Berge und das Meer mit silbernem Licht. Die drei ??? parkten den Käfer in einer Seitenstraße und pirschten sich an die Ruine heran.
»Da drüben steht ein Auto!«, wisperte Peter. »Er ist schon da!«
»Und er ist schon im Haus!«, flüsterte Bob. »Gerade habe ich das Licht einer Taschenlampe gesehen. Da, wieder!«
»Das ist die Gelegenheit!« Justus kramte in seiner Tasche. »Bleibt hier – ich bin gleich wieder da!«
Er stand auf und rannte zu dem Auto. Es war ein schwarzer Wagen mit offenem Verdeck. Justus beugte sich über den Beifahrersitz, dann umrundete er den Wagen, warf einen Blick auf das Nummernschild und hastete zu Peter und Bob zurück.
»Hast du dir die Nummer gemerkt?«, flüsterte Bob.
»Ja, der Wagen ist aus Kalifornien.«
»Und was hast du noch gemacht? Ich dachte, du wolltest nur seine Fußab...«
In diesem Moment gab es im Inneren der Ruine ein lautes Krachen. Jemand schrie auf. Der Schrei hallte in der Stille der Berge wider. Gleich darauf hinkte eine große, massige Gestalt hastig aus der Ruine und zum Auto, stieg ein, startete und schoss in einer Staubwolke davon.
»Lieber Himmel!«, rief Peter. »Was hat der denn gemacht? Die Falle kann er doch nicht ausgelöst haben, oder?«
»Dann wäre er nicht so schnell draußen gewesen.« Justus sprang auf. »Kommt – vielleicht können wir ihn verfolgen!«

»Ich dachte, du wolltest nur seinen Fußabdruck!«
»Ja, schon. Aber Peters Bemerkung mit den Mikrofonen hat mich auf eine Idee gebracht und ich habe einen unserer Peilsender im Handschuhfach versteckt. Schnell!«
Sie liefen los, aber nach drei Schritten packte Bob Justus am Arm. »Warte!«
»Was ist denn? Komm schon, er entwischt uns!«
»Ich habe aber etwas gehört. Jemand hat gerufen.«
»Wie bitte? Ich habe nichts gehört. Hier ist doch keiner.«
»Bist du sicher?«
»Natürlich. Es war nur der Wind. Los jetzt!«
»Ich habe aber auch etwas gehört«, sagte Peter plötzlich und lauschte. »Da! Jetzt wieder!«
Sie standen alle drei still. Nach ein paar Augenblicken, in denen nur der Wind raschelnd durch das Gras strich, hörten sie es alle drei. Es war ein Ruf: heiser und verzweifelt, und er kam aus der Ruine.
»Hilfe!«
Sie rannten los.
Die Tür stand weit offen. Im Inneren der Ruine herrschte Dunkelheit. Bob knipste die Taschenlampe an. »Hallo? Wer ist da?«
»Gott sei Dank«, rief eine Männerstimme. »Helft mir! Ich habe mir den Arm gebrochen und komme nicht allein heraus!«
»Wo sind Sie denn?«
»Unter der verflixten Treppe!«
Jetzt sahen sie es selbst. Die Uhr lag noch immer auf dem Boden. In der Treppe klaffte das Loch, das die drei weggeklappten Stufen hinterlassen hatten. Aber zwei Stufen davor waren nun zerbrochen und hatten das Loch vergrößert. Vorsichtig kletterten die drei ??? über den Schuttberg und Bob leuchtete in die Dunkelheit unter der Treppe.

Das Licht fiel auf das schmerzverzerrte Gesicht eines jungen Mannes, den sie noch nie gesehen hatten. Er trug Jeans und ein kariertes Hemd, saß etwa drei Meter tiefer auf einem Boden, der modrig und feucht aussah, und hielt sich den Arm.
»Das ist zu tief«, sagte Peter. »Ohne Seil kriegen wir ihn da nie heraus. Und vielleicht hat er sich noch mehr gebrochen als nur den Arm. Ein paar Rippen oder so.«
»Kann sein«, sagte der junge Mann mühsam und blinzelte ins Licht. »Es knirscht, wenn ich mich bewege. Wer seid ihr?«
»Wir kamen hier zufällig vorbei«, antwortete Justus. »Wer sind Sie? Und was ist passiert? Wir haben ein Krachen und einen Schrei gehört, und dann ist jemand weggelaufen.«
»Oliver Taper heiße ich. Und der Kerl kam urplötzlich hier herein und fing an, auf mich einzuprügeln. Ich hatte keine Chance – er war mindestens siebzig Kilo schwerer als ich! Er hat mich auf die Treppenstufen geworfen, und sie sind zerbrochen. Könnt ihr einen Krankenwagen für mich rufen?«
»Ja, natürlich«, sagte Bob und holte das Handy heraus. Aber Justus beugte sich plötzlich interessiert vor. »Sagten Sie, Sie heißen Oliver Taper?«
»Ja, wieso?«
»Sind Sie zufällig Nachtwächter bei den Hollywood-Buchstaben?«
Es gab eine Pause. »Ja«, antwortete der Mann schließlich. »Woher weißt du das?« Er klang plötzlich sehr misstrauisch.
»Wir haben vor ein paar Tagen mit Ihrem Kollegen gesprochen«, sagte Justus. »Es ging um eine Aufnahme Ihrer Kameras aus der Nacht davor.«
»Seid ihr etwa die drei Jungs, die nachts um das Denkmal geschlichen sind? Die mit dem Gipsabdruck?«
»Wir sind die drei Detektive, ja. Darf ich fragen, was Sie mitten in der Nacht hier in der Ruine gemacht haben?«

»Das geht euch überhaupt nichts an.«
»Wie Sie meinen. Bob, du brauchst den Krankenwagen nicht anzurufen. Mr Taper benötigt unsere Hilfe nicht. Kommt, Kollegen!«
»Nein!«, schrie Mr Taper von unten. »Halt! Geht nicht weg! Ich komme hier nie alleine raus!«
»Und hier kommt auch nie jemand hin, stimmt's?« Justus beugte sich über das Loch. »Also, was wollten Sie hier?«
»Ich wollte mich nur umsehen.«
»Mitten in der Nacht? In einer baufälligen Ruine?«
»Ist doch nicht verboten.«
»Ich glaube Ihnen nicht«, sagte Justus. »Wissen Sie was, Mr Taper? Ich glaube, Sie sind hergekommen, weil Sie die Falle wieder neu aufbauen wollten. Stimmt's?«
»Blödsinn! Ich habe die Uhr nicht angerührt ... was für eine Falle denn überhaupt?«
»Und schon haben Sie sich verraten. Ich habe nämlich nicht erwähnt, dass die Uhr etwas mit der Falle zu tun hat. Sie sind Techniker, richtig? Sie sind für all die Kameras an den Hollywood-Buchstaben zuständig?«
»Ich sage überhaupt nichts mehr«, sagte der junge Mann wütend. »Haut doch ab!«
»Erst will ich eine Antwort auf meine Fragen«, sagte Justus. »Sie haben die Fallen aufgebaut – das Bettlaken, das jemanden so erschrecken sollte, dass er abstürzt! Und die Uhr, die beim Herunternehmen eine Falle auslöst. Warum haben Sie das getan? Was haben Sie mit Casey Wye zu tun?«
»Ich rufe wohl außer dem Krankenwagen besser auch noch die Polizei an«, sagte Bob.
»Warte noch. Mr Taper wollte doch noch antworten.«
»Mr Taper wollte nichts dergleichen tun«, presste der junge Mann wütend hervor. »Liefert mich doch der Polizei aus! Ich

wollte nur dafür sorgen, dass eine Bande von Verbrechern endlich ihre gerechte Strafe erhält! Und das schaffe ich auch!«

»Eine Bande von Verbrechern?«, fragte Peter verblüfft. »Wer soll das sein? Wir kennen bloß Harold Packleham, und der ist doch schon tot.«

»Packleham ist Geschichte«, sagte Oliver Taper. »Aber es gibt noch immer die üblen Burschen, die ihn damals zu dem Betrug angestiftet haben. Sie sind daran schuld, dass Casey alles verlor, selbst ihre Familie. Und dafür werden sie zahlen!«

»Und wer soll das sein?«

»Einen kennt ihr schon – den Kerl, der mich hier reingeworfen hat. Die ehrenwerten Herren der Anwaltskanzlei Crowle und McSnail!«

»Wie bitte?«, fragte Justus. »Das kann nicht sein. Mr Crowle ist viel zu jung. Und außerdem haben Crowle & McSnail Miss Wye doch geholfen!«

»Das haben sie euch erzählt?« Mr Taper lachte humorlos auf. »Ja, und wie sie ihr geholfen haben! Lest euch mal die Gerichtsprotokolle durch. Da stehen so schöne Dinge wie: ›Es ist ja allgemein bekannt, dass es Frauen an Kreativität und Geistesgaben mangelt, doch nehmen wir einmal an, es wäre in diesem Fall nicht so. Dann hätte diese junge Frau ihren Ehemann und ihre Kinder vernachlässigt, um, von Ehrgeiz besessen, ein Drehbuch zu schreiben. Sehr bedauerlich. Und letztlich wäre das Geld ja sowieso ihrem Ehemann zugeflossen, der ja der rechtmäßige Verwalter ihres Vermögens ist. Aber hatte er deswegen das Recht, das Drehbuch als seine eigene Schöpfung auszugeben? Hatte er dieses Recht durch seine Heirat mit Casey Wye erworben?‹ O ja, eine tolle Hilfe war das! Und am Schluss hatte sie überhaupt nichts mehr.«

»Woher wissen Sie das?«, fragte Bob. »Wer sind Sie?«

»Oliver Taper. Und jetzt sage ich gar nichts mehr. Ruft die Polizei oder den Krankenwagen oder überhaupt niemanden, mir ist es gleich. Warum eigentlich die Polizei? Ich habe nichts Böses getan. Nur ein paar technische Spielereien. Ich habe niemanden in Gefahr gebracht – nur diejenigen, die es verdienen. Wer nachts an den Hollywood-Buchstaben hinaufklettert oder sich in dieser Ruine herumtreibt, ist selber schuld, wenn ihm etwas zustößt.«

»So einfach ist das nicht«, sagte Justus. »Wir sind ja auch hier – und wenn Peter nicht so sportlich wäre, hätte er sich gestern durch Ihre technische Spielerei den Hals brechen können!«

»Dann schnüffelt eben nicht hier herum. Wie seid ihr überhaupt darauf gekommen, dass die Uhr etwas zu bedeuten hat?«

»Wir haben ein paar Rätsel gelöst, die wir in einem Brief gefunden haben. Hören Sie, um was geht es in dieser Geschichte? Diese Leute müssen doch glauben, dass sie etwas Wichtiges finden, wenn sie das Rätsel lösen.«

Oliver Taper lachte und sog gleich danach scharf den Atem ein. »Au! Ja, vermutlich denken sie das.«

»Und stimmt es?«

»Woher soll ich das wissen? Sehe ich aus wie Casey Wye? Außerdem geht es euch nichts an. Gute Nacht.«

»Bob, ruf die Polizei an«, sagte Justus. »Reden wir mal Klartext, Mr Taper. Sie planen einen Mord – oder mehrere – und nehmen dabei in Kauf, dass andere Leute ebenfalls in Gefahr geraten. Sie glauben doch nicht im Ernst, dass wir jetzt einfach nach Hause gehen! Wo sind die anderen Fallen versteckt? Was haben Sie sich noch für teuflische Spielereien ausgedacht?«

»Ach, macht doch, was ihr wollt. Schönen Abend noch.«

»Moment noch!«, rief Peter. »Mr Taper – was ist mit diesen Brieffetzen? Wenn der Brief von Ihnen stammt, wie konnte Mr McSnail sagen, es sei die Handschrift von Casey Wye?«

»Wahrscheinlich, weil sie den Brief geschrieben hat.« Oliver

Taper lachte wieder. »Rätselt noch ein bisschen, aber wagt es nicht, euch einzumischen – es könnte eurer Gesundheit schaden! Gute Nacht, ihr Detektive.«

»Mich interessiert noch etwas anderes«, sagte Bob. »Kennen Sie eine Frau namens Jezabel?«

Mr Taper zuckte zusammen und hörte auf zu lachen. Es dauerte sehr lange, bis er antwortete: »Nein. Wer soll das sein?«

»Raten Sie mal ein bisschen«, sagte Justus. »Der Krankenwagen wird sicher bald hier sein, und die Polizei auch. Gute Nacht!«

Die wilden Kirschen

»Ich habe Rosamund nie geliebt, Adeline. Aber nun ist es vorbei. Lass uns alles vergessen und ein neues Leben aufbauen – weit weg von hier, wo es keine dunklen Erinnerungen für uns gibt.«
»Ja, Francis. Ich liebe dich.«
»Ich liebe dich auch, Darling. «
Geigenmusik setzte ein. Adeline und Francis sanken einander in die Arme und verschwanden im Abspann. Miss Bennett knipste das Licht an und fragte spöttisch: »Na, Jungs? Völlig hingerissen?«
»Und wie«, sagte Bob angewidert. »Und diese süßliche Schnulze war ein Kinohit?«
»Ein Riesenhit sogar«, sagte Miss Bennett. »In den 50er Jahren wollten die Leute nichts als Glanz, Liebe und Happy End. Was starrst du denn noch so auf den Bildschirm, Justus?«
»Ich lese den Abspann.«
Bob stieß Peter leicht mit dem Ellbogen an. »He, Peter! Der Film ist vorbei!«
Peter schrak hoch. »Was? Wie? Bin ich eingeschlafen?«
»Und wie. Gleich nachdem Francis Rosamund zum ersten Mal geküsst hat, hast du losgeschnarcht.«
»Wer ist Rosamund?«
»Das ist die erfolglose Schauspielerin, die später in den Tod gesprungen ist.« Bob drehte sich zu Justus um. »Abgesehen davon, dass Adeline blond und gütig war, Rosamund dagegen dunkelhaarig und intrigant, ist mir nichts weiter aufgefallen. Revolutionär fand ich die Geschichte nun gerade nicht.«
»Ich auch nicht.« Der Name der Filmgesellschaft flimmerte über den Bildschirm, und dann wurde es dunkel. Justus lehnte sich zurück. »Tja, Kollegen. Was meint ihr?«

»Ähm«, sagte Peter. »Besonders spannend war es nicht ... oder habe ich die wilden Verfolgungsjagden und Explosionen nur verpasst?«
»Es gab keine.«
»Wie öde.«
Miss Bennett lachte. »In den 50er Jahren waren die Sehgewohnheiten noch anders als heute. Also hat euch der Film nicht weitergeholfen?«
»Zumindest hat er uns einen interessanten Einblick in die Denkweise von Harold Packleham gegeben«, sagte Justus. »Oder war das die Fassung, die Casey geschrieben hat?«
»Auf keinen Fall«, sagte Miss Bennett. »Im Prozess sagte sie, er hätte es nicht nur gestohlen, sondern völlig entstellt. Ihr Drehbuch beschäftigte sich mit einer Frau – Rosamund –, die in die unbarmherzige Filmindustrie gerät und an ihr scheitert. Bei Packleham wurde Rosamund eine böse, von Ehrgeiz zerfressene Intrigantin auf Männerfang. Und Packleham verglich Casey später häufig mit der ›bösen‹ Rosamund, die er geschaffen hatte.«
»Gab es auch eine Adeline in Packlehams Leben?«, fragte Bob.
»Mehrere.«
»Das bringt uns nicht weiter«, sagte Justus. »Und selbst wenn wir zweifelsfrei wüssten, dass Casey das Originaldrehbuch geschrieben hätte, würde es uns nicht helfen. Das Motiv ist ja längst klar – ganz gleich, ob es realistisch begründet ist oder nicht. Aber wir müssen den Brief enträtseln, bevor noch mehr Leute in Tapers Fallen stolpern!«
»Taper?«, fragte Miss Bennett. »Was ist das denn? Und von welchem Brief redet ihr?«
»Es ist eine Art Schnitzeljagd«, sagte Bob. »Wir zerbrechen uns schon die ganze Zeit den Kopf darüber und kommen nicht weiter.«

»Darf ich den Brief einmal sehen?«

Bob warf einen fragenden Blick auf Justus, der nach kurzem Zögern nickte.

Die Büchereileiterin setzte ihre Brille auf und studierte die drei Fetzen. »Ah … deshalb habt ihr nach Audys Brief gefragt. Und wo ist nun das Problem?«

»Hier.« Bob wies auf den dritten Schnipsel. »Wir finden einfach keinen Hinweis.«

»Nicht?«, sagte Miss Bennett. »Aber das ist doch ganz einfach – wenn man es weiß. *Das alte Haus war unsere Zuflucht.* Das alte Haus ist der Ort, den ihr suchen müsst.«

»Und wie sollen wir ein einzelnes altes Haus finden?«, rief Peter. »Wissen Sie, wie viele *alte Häuser* es in Kalifornien gibt?«

»Nur eins, das Casey im Zusammenhang mit wilden Kirschen erwähnen würde, glaube ich.« Miss Bennett stand auf und holte eine Landkarte von Los Angeles und Umgebung. »Harold Packleham schenkte es ihr zur Hochzeit, und ihre Kinder wurden dort geboren. Es liegt in der East Islay Street in Santa Barbara. Und ›Islay‹ ist das spanische Wort für eine bestimmte Kirschsorte, die hier in Kalifornien wächst.« Sie tippte auf den Küstenort nördlich von Los Angeles. »Da müsst ihr hin.«

»Lieber Himmel«, sagte Bob. »Darauf muss man erstmal kommen. Ich habe das Gefühl, dass man wirklich jedes Detail ihres Lebens kennen müsste, um dieses Rätsel zu lösen!«

»Stimmt, Bob«, sagte Justus. »Vielen Dank, Miss Bennett! Wir fahren sofort nach Santa Barbara!«

»Aber seid vorsichtig«, sagte Miss Bennett. »Ich brauche Bob noch in der Bücherei!«

Sie fuhren kurz in der Zentrale vorbei und holten ihre Detektivausrüstung. Dann knatterten sie in Bobs Käfer die Küstenstraße entlang nach Norden. Ab und zu warf Peter sehnsüch-

tige Blicke auf die schäumenden Wellen des Pazifiks, die gegen die Küste brandeten. »Jetzt würde ich gerne surfen gehen!«
»Ich begreife nicht, was daran so reizvoll ist.« Justus öffnete eine Cola-Dose. »Man paddelt auf einem dünnen Brett ins kalte Wasser, und wenn man nicht auf Grund der Form des Surfbrettes von einem Hai mit einer Seerobbe verwechselt und gefressen wird, stürzt man sich kopfüber in gigantische Wellen und wird am Strand zerschmettert.« Er trank einen Schluck und fuhr fort: »Das fördert weder das geistige Wachstum, noch bildet es den Charakter. Man kriegt höchstens ein paar Muskeln davon.«
»Du solltest es mal probieren«, sagte Peter. »Das geistige Wachstum kann auch mal für zwei Stunden Pause machen!«
»Das reizt mich nicht.«
»Du hast doch bloß Angst, dass der Hai nicht das Brett mit einer Robbe verwechselt, sondern dich«, sagte Bob. »Nun ja, von der Form her könnte es hinkommen. Wo muss ich abbiegen?«
»Dritte Ampel rechts. Und halt mal da an der Burgerbude an.«
Niemand protestierte, und wenig später fuhren sie weiter und bekleckerten sich mit Ketchup. Bob schaltete das Radio ein und sie sangen ziemlich schräg mit.
»Hört ihr das?«, fragte Bob plötzlich.
Justus und Peter hörten auf zu singen. »Was?«, fragte Peter. »Ich höre nichts.«
»Da piept's.«
»Das ist im Radio.« Justus fummelte an den Einstellungen herum. »Wahrscheinlich hast du die Antenne nicht weit genug rausgezogen.« Seine Worte ertranken in einer Flut schauerlicher Töne, die keiner der drei Detektive als Musik erkennen konnte.
»Mach das aus!«, schrien Peter und Bob gleichzeitig, und Justus schaltete das Radio aus.

Di – di – di – di – di – di - di

»Das ist ja gar nicht im Radio«, sagte Bob. »Das ist hier irgendwo im Auto. Ist es vielleicht dein Wecker, Peter?«

Di – di – di – di – di – di - di

»Was? Nein, natürlich nicht! Ich habe keine Ahnung, wo das –«

Di – di – di – di – di – di - di

»Ich weiß es!«, rief Justus. »Es ist das Empfangsgerät für den Peilsender!« Hastig kramte er in seinem Rucksack und holte das Gerät heraus. Das Piepsen wurde lauter.

»Ist es kaputt?«, fragte Bob besorgt. »Das piepst doch sonst nicht von alleine los.«

»Nein, es ist in Ordnung.« Justus schwenkte das Gerät herum – und schluckte. »Wisst ihr, was das heißt? Ich hatte doch den Peilsender in Crowles Auto versteckt. Darauf springt das Gerät an! Crowle ist irgendwo hinter uns!«

Peter drehte sich sofort um. »Was hatte er für einen Wagen, Just?«

»Einen offenen Ford Mustang. Dunkelblau. Nicht das neueste Modell, aber unseren Käfer hier lässt der glatt stehen.«

»*Alle* amerikanischen Autos lassen meinen Käfer stehen«, sagte Bob. »Das macht seinen Charakter aus.«

»Trotzdem hätte ich bei einer Verfolgungsjagd lieber ein bisschen weniger Charakter, aber dafür mehr PS. Peter, siehst du ihn?«

»Nein«, meldete Peter, der auf der Rückbank kniete und durch das Fenster spähte. »Vielleicht ist es ja nur ein Zufall und er weiß gar nichts von uns?«

»Ich glaube nicht an Zufälle«, sagte Justus entschieden. »Der Kerl folgt uns – oder er ist auf derselben Spur wie wir. Woher kann er wissen, was auf dem Zettel in der Uhr stand?«

»Von uns nicht«, meinte Bob.

»Dann weiß er es von Oliver Taper.«
»Ich hatte nicht den Eindruck, daß er und Taper zusammenarbeiten.«
»Das nicht – aber Taper hat uns angelogen. Er sagte, der Kerl sei hereingekommen und sofort auf ihn losgegangen. Aber selbst wenn man die Zeit berechnet, die Crowle brauchte, um den Schuttberg zu überqueren, hätten wir ihn sehen müssen, als wir ankamen. Aber wir haben ihn nicht gesehen. Wir haben das Haus beobachtet, ich bin zum Auto gelaufen und wieder zurück, und erst dann haben wir Tapers Schrei gehört. Also war Crowle viel länger mit ihm in der Ruine. Lange genug, um ihn auszufragen und dann in das Loch zu werfen.«
»Klingt logisch«, sagte Bob. »Soll ich versuchen, ihn abzuhängen?«
»Ja, auf jeden Fall.«
An der nächsten Ecke bog Bob ab, fuhr noch etwa fünfzig Meter geradeaus und lenkte den gelben Käfer dann unvermittelt auf ein Firmengrundstück. Ohne sich um die Leute zu kümmern, die im Hof gerade einen großen Truck entluden, ließ er den Wagen ausrollen, bis er hinter einem Lagerschuppen zum Stehen kam. Justus kletterte heraus und spähte um die Ecke des Schuppens. Nach ein paar Sekunden sah er den blauen Wagen an der Toreinfahrt vorbeirollen. Er stieg wieder ein. »Alles klar. Wir warten noch zwei Minuten, und dann –«
In diesem Augenblick bog einer der Lagerarbeiter um die Ecke. »Was habt ihr hier zu suchen? Das hier ist kein öffentlicher Parkplatz!«
»Das wissen wir«, sagte Bob. »Wir wollten nur –«
»Ist mir völlig egal. Macht, dass ihr vom Hof kommt!«
»Wir sind ja schon weg.« Bob startete den Wagen und lenkte ihn zur Ausfahrt. Dort spähten die drei ??? nach allen Seiten, aber der blaue Ford Mustang war nirgends zu sehen. »Ha, den

haben wir abgehängt!«, rief Peter. »Der muss früher aufstehen, um die drei Detektive zu erwischen!«
Sie kehrten auf die Hauptstraße zurück und fuhren weiter nach Santa Barbara. Justus studierte die Karte auf seinen Knien. »Der Stadtteil, den wir suchen, ist wie ein Schachbrett aufgebaut – alle Straßen im rechten Winkel, alle Blocks gleich groß. Die Islay Street geht von Südwesten nach Nordosten – fahr erst mal eine Weile geradeaus.«
Bob nickte und ließ den Käfer durch die schnurgeraden Straßen rollen. Links und rechts lagen Häuser im spanischen Stil, viele prächtig verziert. »Nette Gegend«, sagte er. »Hier möchte ich auch ein Haus haben. Sind wir nicht bald da?«
»Doch.« Justus schaute auf die Karte. »Die übernächste Straße ist es. Fahr nach rechts.«
»Welche Hausnummer?«
»514, sagte Miss Bennett.«
»514. Sehr wohl, die Herrschaften.« Bob bog ab, und sie befanden sich in einer ruhigen Seitenstraße, die einen Hang hinaufführte. Rechts und links lagen vornehme Häuser in bunten, freundlichen Farben.
»506, 510, 512.« Justus zeigte nach rechts. »514. Wir sind da.«

Mr Packleham

Das Haus 514 lag in einem großen Garten. Es war eher schlicht gebaut, ohne Erker, Winkel und Türmchen, viel nüchterner als das Hotel ›Pacific Pearl‹. Mit seinen weißen Fenstern und dem zartgelben Anstrich sah es gemütlich und großzügig aus. Der Garten, der schon eher ein gepflegter Park mit vielen alten Bäumen war, verlieh ihm fast das Aussehen eines edlen Herrenhauses.

Die drei ??? stiegen aus. »Ich weiß nicht, warum«, sagte Peter, »aber ich dachte, das Haus wäre genauso eine Ruine wie das Hotel. Aber es ist ja bewohnt! Da können wir doch nicht einfach in den Garten marschieren und Bäume untersuchen!«

»Wir können aber auch nicht klingeln und fragen, ob wir in ihren Bäumen nach Todesfallen suchen dürfen«, sagte Bob. »Die lassen uns ja sofort einweisen.«

»Kollegen«, sagte Justus, »denkt bitte logisch. Das Testament ist mindestens sieben Jahre alt. Die Zettel wurden also schon vor langer Zeit versteckt und die Fallen sind genauso alt. Glaubt ihr wirklich, die Besitzer laufen sieben Jahre lang ahnungslos durch ihren Garten, ohne die Falle versehentlich auszulösen? Es gibt also nur zwei Möglichkeiten. Entweder haben die Besitzer die Falle ausgelöst, den Zettel gefunden und behalten oder weggeworfen. Oder sie haben sich gehütet, dem entsprechenden Baum nahe zu kommen, was bedeutet, dass sie mit Casey unter einer Decke stecken und über den Brief Bescheid wissen. In jedem Fall könnte es sich lohnen, sie kennen zu lernen.«

»Du vergisst noch zwei Möglichkeiten«, sagte Bob. »Erstens könnte es sein, dass das Haus in den letzten Jahren den Besitzer gewechselt hat und die jetzigen Bewohner gar keine Ahnung von einem Versteck in einem Baum haben. Und zweitens können wir uns auch irren. Vielleicht sind gar keine Bäume gemeint, sondern doch etwas im Haus.«

»Mit diesen Möglichkeiten befassen wir uns, wenn die ersten beiden ausgeschlossen werden können«, erklärte Justus, öffnete das Gartentor und marschierte geradewegs auf die Haustür los. »Kommt, Kollegen!«

Lange brauchten sie nicht zu rätseln, welche Leute in dem Haus wohnten. Breit und wuchtig prangte neben der Tür ein Namensschild.

Packleham.

Justus klingelte.

Nach kurzer Zeit öffnete ein Mann die Tür. Er war etwa Mitte fünfzig, recht groß und schlank, trug weiße Shorts und ein blaues Sweatshirt und sah mit seiner braun gebrannten Haut, dem silbrig grauen Haar und den strahlend blauen Augen aus wie eine jüngere Ausgabe von Robert Redford. Er musterte die drei Detektive und sagte lächelnd: »Für das Sportfest habe ich aber schon gespendet.«

»Wir kommen nicht wegen eines Sportfestes«, sagte Justus. »Wir beteiligen uns an einer etwas ungewöhnlichen Schnitzeljagd, und ich glaube, dass Sie uns helfen können, Sir. Gehe ich recht in der Annahme, dass Sie Mr Stephen Packleham sind?«

Der Mann runzelte die Stirn und sein Lächeln verschwand. »Ja, der bin ich. Und wer seid ihr?«

Justus zog die Visitenkarte aus der Tasche und reichte sie ihm. »Justus Jonas«, sagte Mr Packleham. »Peter Shaw … Bob Andrews. Die drei Detektive.« Jetzt sah er nicht mehr so freundlich aus. »Detektive? Soll das ein Scherz sein?«

»Durchaus nicht, Sir«, sagte Justus zum dritten Mal in diesem Fall. »Das Fragezeichen ist ein Symbol für das Unbekannte, für unbeantwortete Fragen und ungelöste Rätsel. Unsere Aufgabe ist es, Fragen zu beantworten, Rätsel zu lösen und Geheimnisse jeglicher Art zu lüften. Daher sind die drei Fragezeichen das Markenzeichen unserer Detektivfirma.«

»Interessant. Dann kommt mal herein.«

Das Innere des Hauses sah genauso aus, wie die drei ??? es erwartet hatten: sauber, ordentlich und so durchschnittlich wie aus einem Möbelhauskatalog. Es gab kaum Bücher, nur einige Zeitschriften und Zeitungen auf dem gläsernen Wohnzimmertisch in der Mitte des Raums. Drei weiße Ledersofas, bunte, aber nichts sagende Bilder an den Wänden, ein paar hohe Tonkrüge mit bunten Blumen machten es schwer vorstellbar, dass die Bewohner des Hauses tatsächlich mit der rachsüchtigen und rätselhaften Casey Wye verwandt sein sollten.

»Setzt euch doch«, sagte Mr Packleham. »Fruchtsaft?«

»Nein, danke, Sir«, antwortete Justus. »Wir haben nur ein paar Fragen.«

»Das klingt ja beängstigend. Was habe ich verbrochen?«

»Nichts, Sir. Ich möchte Sie bitten, sich diese Zettel anzusehen.« Justus holte die drei Zettel heraus und legte sie auf den Glastisch. Mr Packleham beugte sich vor, um sie zu entziffern. Dann nahm er sie alle drei rasch in die Hand und las sie noch einmal. Irritiert runzelte er die Stirn. »Das ist ja eigenartig. Woher habt ihr diese Zettel?«

»Wir haben sie bei einer Schnitzeljagd gefunden.«

»Wie bitte? Das kann gar nicht sein. Höchstens –« Er brach ab. Und plötzlich wurde er sehr blass. »Das ist nicht möglich.«

»Doch«, sagte Justus. »Es war eine recht ungewöhnliche Schnitzeljagd. Den einen Zettel haben wir in einer Puderquaste gefunden, die jemand beim Erklettern der Hollywood-Buchstaben verloren hat. Er wurde von einem Gespenst so erschreckt, dass er abstürzte. Es war eine sehr ungewöhnliche Puderquaste – sie hatte die Form einer Biberpfote.«

»Was sagst du da?«, flüsterte Mr Packleham. »Das ist doch eine Lüge!«
»Durchaus nicht. Ein Hinweis auf dem Zettel führte uns in die Ruine des Hotels ›Pacific Pearl‹. Dort steckte ein weiterer Zettel in einer Uhr. Mein Kollege Peter Shaw hier löste beim Abnehmen der Uhr eine Falle in der Treppe aus und wäre beinahe abgestürzt. Zum Glück konnte er sich festhalten.«
»Mein Gott«, murmelte Mr Packleham und stand auf. »Ich brauche etwas zu trinken.«
Er verschwand in der Küche. Die drei ??? wechselten rasche Blicke.
»Was meint ihr?«, flüsterte Bob.
»Vielleicht ist er nur ein sehr guter Schauspieler«, wisperte Peter. Aber Justus schüttelte den Kopf. »Nicht einmal der beste Schauspieler kann seinen Blutkreislauf so beeinflussen, dass er weiß wie ein Laken wird. Kann sein, dass Packleham etwas weiß – aber von den Fallen wusste er bis gerade eben nichts.«
Er verstummte, als Packleham mit einem Glas Wasser in der Hand zurückkam und sich wieder hinsetzte. Er schien sich rasch gefangen zu haben, war aber noch immer sehr blass. »Diese Person, die beim Klettern abstürzte – ist ihr etwas passiert?«
»Das wissen wir nicht«, sagte Justus. »Wir wissen nur, dass sie sich aus eigener Kraft entfernen konnte.«
»Und – wer war es? Wisst ihr das auch?«
»Wir haben eine Vermutung.«
»Und dann habt ihr den Zettel gelesen und erraten, dass es sich um ein Rätsel handelt? Und seid der Spur gefolgt?«
»Das stimmt.«
Packleham nahm sich noch einmal die drei Zettel vor. »Und der dritte Hinweis hat euch hierher geführt … ja, das alte Haus und die Kirschbäume sind ja eindeutig genug. Was wollt ihr jetzt von mir?«

»Wir möchten gerne ein paar Informationen von Ihnen. Sicher erkennen Sie die Handschrift auf den Zetteln.«
»Ja … es ist die Handschrift meiner Mutter. Diese abscheuliche alte Puderquaste gehörte ihr auch. Und ›Hotel Pacific Pearl‹ war der Titel eines Theaterstücks, in dem sie einmal mitgespielt hat. Aber das wisst ihr sicher längst.«
»Ihre Mutter hat ein Rätsel hinterlassen, Mr Packleham. Wir vermuten, dass diejenigen, die außer uns danach suchen, erst bei der Testamentseröffnung vor zwei Monaten erfahren haben, dass es etwas zu suchen gibt. Ist das richtig?«
Mr Packleham zögerte. »Dazu kann ich nichts sagen. Hört mal, das ist alles sehr spannend, aber ich muss jetzt wirklich sehr dringend telefonieren. Es war nett, euch –«
»Falls Sie Ihren Komplizen Oliver Taper anrufen möchten, können Sie sich die Mühe sparen. Er ist nicht zu Hause.« Es war ein Schuss ins Blaue, aber er traf. Packleham erstarrte.
»Woher wisst – ich meine – ich habe nicht vor –«
»Sie kennen ihn also«, stellte Bob fest. »Würde es Sie überraschen, zu hören, dass er die Fallen eingerichtet hat?«
»Und dann hat er sich in seiner eigenen Falle den Arm gebrochen«, beendete Peter mit einiger Genugtuung. »Er dürfte jetzt im Krankenhaus liegen.«
Justus lehnte sich zurück. »Sehen Sie, Sie brauchen uns gar nichts vorzumachen. Wir wissen bereits eine ganze Menge über das kleine Rachespiel Ihrer Mutter.«
Der Mann sank auf eins der weißen Sofas. »Nein. Nein, ihr versteht das alles falsch. Und ihr solltet auch nicht … ihr solltet diese Zettel nicht haben. Sie waren nicht für euch bestimmt.«
»Sondern für die Herren Crowle und McSnail«, sagte Bob.
»Das – das wisst ihr auch?« Mr Packleham starrte von Justus zu Peter zu Bob und wieder zurück. »Und was noch?«
»Wir möchten lieber hören, was *Sie* wissen«, sagte Justus. »Ihr

Komplize Taper hat schon zugegeben, dass er die Fallen gebaut hat. Jetzt fehlt uns nur noch –«

»Jetzt hört doch auf, ständig von einem Komplizen zu reden! Oliver Taper ist mein Neffe!«

Justus schaltete sofort. »Aha. Der Sohn Ihrer Schwester Janet? Das ist ja interessant. Also steckt die gesamte Familie hinter dem Komplott!«

»Ich weiß nicht, wovon du redest«, sagte Packleham. »Und ich finde, ihr solltet jetzt gehen. Diese ganze Geschichte geht euch überhaupt nichts an.«

»Wir können auch direkt zur Polizei gehen, wenn Ihnen das lieber ist«, sagte Justus. »Schließlich planen Sie und Ihr sauberer Neffe, jemanden umzubringen.«

Packleham erstarrte. »Wer behauptet das?«

»Das braucht niemand zu behaupten«, mischte Peter sich ein. »Wir haben es am eigenen Leib erlebt! Ein Gespenst an den Hollywood-Buchstaben, eine Falle in der Ruine, und der nächste Zettel führt uns direkt in Ihren Garten. Was haben Sie da aufgebaut, Mr Packleham? Eine Axt, die herunterfällt, sobald man gegen eine bestimmte Wurzel stößt? Oder vielleicht –«

»Jetzt hört schon auf damit!« Das Gesicht des Mannes war jetzt ganz rot. »Es gibt keine Falle in meinem Garten!«

»Und warum nicht?«, fragte Justus unerbittlich weiter. »Ich dachte, Sie und Ihr Neffe erfüllen den letzten Willen Ihrer Mutter Casey Wye?«

Stephen Packleham sagte nichts.

»Auch gut«, sagte Justus. »Dann will ich Ihnen sagen, was wir uns bisher zusammengereimt haben.

Ihre Mutter fühlte sich von den Anwälten Crowle und McSnail um ihr Recht betrogen. Sie hatte ihnen vertraut und musste erleben, wie sie ihr nicht nur vor Gericht in den Rücken fielen, sondern sie auch noch als nachlässige Ehefrau und Mutter darstellten. Sie verlor alles – Mann, Kinder, Geld und Zuhause – und wurde obendrein noch als zickig und hysterisch bezeichnet, was dann auch noch ihre Filmkarriere zerstörte. Sie zog sich von allem zurück.

Stimmt das so weit?«

Packleham nickte widerstrebend.

»Aber irgendwann nahm sie wieder Kontakt zu Ihnen und Ihrer Schwester auf. Oder war es umgekehrt?«

Abrupt stand der Mann auf, und die drei ??? erwarteten, hinausgeworfen zu werden. Aber er trat nur an die Balkontür und starrte eine Weile hinaus, bevor er sich wieder zu ihnen umdrehte. »Also schön«, sagte er in bitterem Tonfall, »ich erzähle es euch. Janet und ich stöberten sie in Los Angeles auf. Damals war Janet zweiundzwanzig und ich zwanzig. Als wir unsere Mutter endlich wiedersahen, haben wir sie kaum erkannt. Und sie erkannte uns auch nicht mehr. Wir waren uns fremd geworden. Wir versuchten, die verlorene Zeit zurückzuholen, aber es gelang uns nicht. Wir versuchten auch, sie und unseren Vater wieder zu versöhnen, aber das einzige Treffen der beiden endete in einem fürchterlichen Streit. Casey hat ihm nie verziehen, was er ihr angetan hat, und er war der Meinung, sie solle sich nicht so anstellen – schließlich war es ja nur ein lausiges Drehbuch gewesen. Aber für sie war es ein Traum, den er zerstört hatte. Sie hatte nicht mehr Schauspielerin sein wollen, sie wollte schreiben. Und weil er sie nicht ernst genommen hatte, war ihr ganzes Leben verpfuscht. Auch bei diesem Treffen lachte er sie noch aus, und schließlich warf sie ihm eine Vase an den Kopf und stürmte hinaus.« Stephen Packleham rieb sich die Stirn, als hätte die Vase ihn getroffen und nicht seinen Vater. »Danach haben wir sie viele Jahre nicht mehr gesehen. Unser Vater wurde krank und kam in ein privates Pflegeheim. Alle sei-

ne Geldangelegenheiten wurden jetzt von Crowle und McSnail abgewickelt. Crowle selbst war gestorben, aber sein Sohn hatte seinen Job in der Kanzlei übernommen.
Ich wollte mich um die Geschäfte meines Vaters kümmern, aber die Anwälte beschuldigten mich, nur auf das Erbe aus zu sein, und hetzten ihn gegen mich und Janet auf. In dieser Zeit fanden wir auch heraus, dass sie es waren, die meinen Vater gegen Casey aufgestachelt hatten.«
»Und da beschlossen Sie, sich an Crowle und Mc Snail zu rächen?«, fragte Bob.
Packleham schüttelte den Kopf. »Nein. Aber dazu sage ich jetzt wirklich nichts mehr.«
»Also gut«, sagte Justus. »Sagen Sie, Sir, wer pflegt eigentlich Ihren Garten? Machen Sie das selbst? Das muss doch eine Menge Arbeit sein.«
»Ist es auch. Mein Neffe Oliver hilft mir. Und bevor du noch einmal fragst – nein, es gibt keine Fallen da draußen. Glaubt ihr, ich wäre so verrückt, etwas Gefährliches auf meinem Grundstück zu dulden? Wenn ein Nachbarskind die Falle versehentlich auslösen und sich dabei verletzen würde, käme ich für die nächsten Jahre und Jahrzehnte ins Gefängnis!«
»Da kommen Sie wahrscheinlich sowieso hin, wenn Crowle den nächsten Zettel findet und enträtselt. Was ist die nächste Falle, Mr Packleham? Wo ist sie?«
»Ich weiß es nicht!«, fuhr Packleham auf. »Ich wusste überhaupt nichts von diesen Fallen! Oliver und meine Mutter haben das vor Jahren ausgeheckt, aber es war mir zu verrückt – und zu riskant. Ich hätte Crowle und McSnail schon einigen Ärger gegönnt, aber diese Art, sie von einer Falle in die andere zu locken – das ist verrückt! Meine Mutter war ohnehin nicht mehr ganz richtig im Kopf, aber sie ist ja dann auch verschwunden. Ich hätte nie gedacht, dass Oliver diese Wahnsinnsidee durch-

zieht! In welchem Krankenhaus ist er? Ich werde ihn mir vorknöpfen!«

»Das wissen wir nicht«, sagte Justus. »Sie sind also ganz sicher, dass sich der vierte Zettel nicht auf Ihrem Grundstück befindet?«

»Lasst mich mit diesen verdammten Zetteln in Ruhe! Raus! Und lasst euch nie wieder hier blicken!«

»Wir gehen ja schon.« Die drei ??? standen auf und Justus steckte die drei Zettel wieder ein. Mr Packleham machte eine Bewegung, als wollte er sie ihm entreißen, ließ die Hand aber wieder sinken. Er drängte die Detektive zur Tür hinaus und knallte sie hinter ihnen zu.

»Der wurde ja noch richtig lebendig«, sagte Bob. »Hätte ich ihm gar nicht zugetraut – so ein stromlinienförmiger Langweiler.«

»Die werden immer lebendig, wenn etwas ihre Ruhe stört«, sagte Justus. »Tja, Kollegen, das war zwar sehr aufschlussreich, aber den vierten Zettel haben wir leider nicht gefunden. Hat jemand einen Vorschlag?«

»Ja, ich«, sagte eine tiefe, böse Männerstimme von der Hausecke her, und etwas klickte. »Ihr drei kommt jetzt mal ganz ruhig mit.«

Die letzte Falle

Langsam, ohne hastige Bewegungen, drehten die drei ??? sich um. Vor ihnen stand der große, massige Mann, an dem sie sich in der Tür der Anwaltskanzlei vorbeigedrängt hatten. Er trug Jeans und ein dunkelblaues Hemd und hatte, wie Justus nach einem kurzen Blick feststellte, auffällig kleine Füße. Wichtiger jedoch war die Pistole in seiner Hand, deren Mündung starr auf die drei Detektive zeigte.
»Mr Crowle«, sagte Justus.
»Ganz recht. Ihr solltet wirklich keinen gelben Käfer fahren, wenn ihr unauffällig bleiben wollt. Los, zum Auto.« Er hatte ein fleischiges, rotes Gesicht und seine linke Gesichtshälfte war aufgeschrammt und gelblich verfärbt. Offenbar hatte er sich vor nicht allzu langer Zeit bei einem Sturz verletzt, und die drei ??? konnten sich vorstellen, was für ein Sturz das gewesen war.
»Was wollen Sie von uns?«, fragte Bob. »Falls Sie den Zettel –«
»Klappe halten! Bewegt euch!«
Sie gehorchten. Keiner von ihnen blickte zum Haus zurück, und sie konnten nur hoffen, dass Mr Packleham ihnen nachschaute und bemerkte, dass da etwas nicht stimmte. Aber wahrscheinlich war er schon damit beschäftigt, den Aufenthaltsort seines Fallen stellenden Neffen herauszufinden. Auch auf der Straße war niemand, der ihnen helfen konnte.
Am Käfer blieben sie stehen. »Einsteigen«, befahl Crowle. »Erst einer hinten, dann ich, dann ihr beiden nach vorne.«
Während Peter einstieg, zielte Crowle auf Justus und Bob, dann zwängte er sich mit ungewöhnlicher Gelenkigkeit hinter den Fahrersitz und drückte Peter den Lauf in die Rippen. Die Rückbank des Käfers war schon für eine Person reichlich eng und durch die Größe und Breite des Mannes wurde es nicht

besser. Peter machte sich so schmal wie möglich und versuchte, nicht zu atmen, während er verzweifelt darum betete, dass die Pistole nicht allein durch den Druck losging.

Zähneknirschend stiegen Justus und Bob ein. »Wohin?«, fragte Bob.

»Kleine Spritztour in die Berge.«

»Ich glaube nicht, dass der Wagen es mit dem Gewicht schafft.«

»Dann schiebt einer. Los jetzt!«

Bob fuhr los.

»Hören Sie«, sagte Justus, »wir haben den vierten Zettel nicht. Wir haben uns geirrt. Wir können Ihnen mit dem Rätsel nicht mehr helfen!«

»Ihr glaubt auch alles, was man euch erzählt, ha?«, sagte Crowle höhnisch. Er fasste in die Brusttasche seines Hemdes und holte einen Umschlag heraus, den er über Justus' Schulter nach vorne warf. Justus griff hastig danach. »Kann sein, dass es diesmal keine Falle gab. Aber den Zettel da habe ich gerade aus Mr Saubermanns Arbeitszimmer geholt. Lag in einer Schublade. Vielen Dank, dass ihr ihn so nett abgelenkt habt.«

Die drei ??? schwiegen. Nach einer Weile fragte Bob: »Und warum geben Sie ihn uns?«

»Ich bin eben ein Menschenfreund. Und zufällig hasse ich diesen Rätselkram wie die Pest. Euch macht sowas doch Spaß, ha? Also löst ihr das jetzt – ebenso wie die anderen Rätsel. Ich zerbreche mir über diesen Mist nicht mehr den Kopf. Lies vor, Dicker! Dann könnt ihr in Ruhe nachdenken, während wir herumfahren.«

Justus biss sich auf die Lippen und nickte schließlich. »Also gut. Wir helfen Ihnen.«

Er öffnete den Umschlag und holte einen Zettel heraus. Papier, Form und Handschrift waren die gleichen wie bei den anderen Briefen. Er faltete ihn auseinander und las vor.

schaust, schaue ich hinauf.
Findest du, dass ich Unsinn schreibe?
Ich bin müde und habe Kopfschmerzen. Vielleicht ist dieses Spiel nicht einmal lustig, ich weiß es nicht. Ich möchte schlafen.
Ich möchte am Pool in der Sonne liegen und zuhören, wie das

Justus schluckte. Er warf einen Blick auf Bob, der ihn erwiderte. Peter brauchte er nicht anzusehen, um zu wissen, dass sie alle drei dasselbe dachten: Dieser Zettel enthielt keinen Hinweis. Absolut keinen.
Vielleicht konnte er Zeit gewinnen.
»Na?«, knurrte Crowle. »Wo bleiben die Geistesblitze? Das andere habt ihr doch auch herausgekriegt!«
»Da hatten wir aber auch Computer und Bücher für die Recherche«, sagte Justus. »Alle anderen Hinweise bezogen sich auf Casey Wyes Vergangenheit, also wird es dieser vermutlich auch tun. Es muss entweder der Pool oder das Spiel sein … oder vielleicht die Kopfschmerzen.«
»Ich könnte besser nachdenken, wenn Sie die Pistole aus meinen Rippen nehmen würden«, wagte Peter zu sagen. Crowle knurrte wieder, zog die Pistole aber ein Stück zurück.
»Ich kann beim Fahren nicht denken«, sagte Bob.
»Also gut – fahr da rechts ran.«
Der Wagen hielt. Auf engstem Raum mit dem skrupellosen Entführer saßen die drei ??? und dachten fieberhaft nach – nicht nur über die Lösung des Rätsels, sondern auch darüber, wie sie sich aus dieser Lage befreien konnten.
»Was mir auffällt«, sagte Bob endlich, »ist, dass es noch immer nicht der letzte Zettel ist. Der Anfang und das Ende fehlen. Wie viele Stücke kommen denn da noch?«
»Nur noch die beiden«, sagte Justus bestimmt. »Das Papier ist

gewöhnliches Briefpapier und unsere Schnipsel ergeben zusammengelegt schon mehr als zwei Drittel des Bogens. Noch mehr Zettel kann es nicht geben. Mr Crowle – was suchen Sie eigentlich? Was ist so viel wert, dass Sie dafür Verletzungen und Schlimmeres riskieren? Sie waren bei der Testamentseröffnung dabei, stimmt's? Und dort haben Sie erfahren, dass dieser zerschnittene Brief eine Spur aus Hinweisen legt, der man folgen sollte. Warum haben Sie diese Jagd nicht Stephen Packleham oder seiner Schwester überlassen?«

»Die Schwester war nicht da. Und Stephen ist ein fantasieloser Büromensch – der wollte ein sauberes Bündel Geldscheine, sonst gar nichts. Und als er das nicht kriegte, war er nicht mehr interessiert. Nicht zu fassen, dass das Caseys Sohn sein soll.«

»Was stand denn in dem Testament? Vielleicht gibt uns das einen Hinweis, wie –«

Crowle schnaubte. »Es gab kein Testament. Es gab nur den zerschnittenen Brief an Harold. Aber Harold war schon tot, die Familie hatte kein Interesse – da habe ich die Sache selbst in die Hände genommen.«

»Also haben Sie den ersten Teil des Briefs?«

»Ja. Hier.« Er zog einen zweiten Zettel aus der Tasche. »Dasselbe verrückte Gefasel wie in dem ganzen Rest.«

Harold,

es ist nun an der Zeit, dir diesen letzten Brief zu schreiben.
Ich habe lange überlegt, was ich tun soll.
Ich bin noch immer sehr zornig und verbittert, aber ich habe dich schließlich einmal geliebt. Und du wolltest doch immer wissen, was aus meinen Juwelen geworden ist, nicht wahr?
Du sollst es erfahren.
Ich möchte Frieden haben. Ich möchte vergessen, was gewesen

»Juwelen?«, fragte Bob.
»Richtig. Perlen, Diamanten, das ganze Zeug, mit dem sich Schauspielerinnen in den 50er Jahren behängt haben. Eine schöne Summe Geld gibt das, wenn man's verkauft.«
»Und Sie brauchen Geld, stimmt's?«, fragte Peter. »Was war es – keine Aufträge mehr? Hausbau? Schulden?«
»Wetten«, knurrte Crowle. »McSnail hat jeden Cent seines Geldes für idiotische Wetten aus dem Fenster geworfen, und ich sollte die Rechnungen bezahlen! Wovon? Ich konnte ja nicht mal neue Sessel kaufen, damit sich die Kunden hinsetzen konnten. Aber mit dem Geld, das ich für die Juwelen kriege, setze ich mich ab, und zwar sofort. Zum Teufel mit McSnail, soll er doch sehen, wie er zurechtkommt! Der Flieger ist schon gebucht.«
»Erst einmal müssen Sie die Juwelen haben«, sagte Justus.
»Stimmt. Hast du schon eine Idee?«
»Nein.«
»Aber ich«, sagte Bob plötzlich. »Der Pool hat mich darauf gebracht. Casey besaß ein Haus in Penny Springs. Das war früher einmal ein beliebter Wohnort für die Reichen und Schönen von Hollywood. Wer es sich leisten konnte, zog dorthin und baute sich für eine, zwei oder drei Millionen Dollar eine Villa. Und jede Villa hatte ihren Swimmingpool.«
»Hatte?«, fragte Peter.
»Hatte. Ein Erdbeben legte den halben Ort in Trümmer und die Wasserversorgung brach zusammen. Die Leute zogen weg und die wenigen noch stehenden Häuser verfielen. Penny Springs ist eine Geisterstadt.«
Einen Augenblick lang sagte niemand etwas. Justus blickte starr geradeaus auf die Straße. Dann lachte Crowle hässlich auf. »Wenn das keine Ironie ist. Ich glaube, den Ort kenne ich schon. Fahr los, Robby – so heißt du doch?«

Bei Tag war Penny Springs noch trostloser als in der Nacht. Die Spuren der Zerstörung waren viel deutlicher zu sehen: zerschlagene Fenster, eingestürzte Dächer, Schutt und Unrat überall. Die Gärten waren wieder zur Wildnis geworden und Dornengestrüpp hatte alle Blumen überwuchert und erstickt. Viele Bäume hatten kein Laub mehr, weil das Wasser fehlte. Nur die zähesten Pflanzen hatten hier überlebt.

Der Käfer zog eine Staubwolke hinter sich her, als er über die aufgerissene Straße holperte. Justus schaute sich so unauffällig wie möglich um, aber von Jezabel war nichts zu sehen.

»Aussteigen«, befahl Crowle.

Die drei ??? gehorchten zähneknirschend.

»Wie wollen Sie denn das Haus finden?«, fragte Peter.

»Ich glaube, ich kenne es sogar noch«, sagte Crowle. »Mein Vater nahm mich als Kind einmal mit hierher, als er Packleham besuchte. Casey konnte ihn schon damals nicht ausstehen, aber er hat es ihr heimgezahlt.« Er lachte böse, und Justus, Peter und Bob wechselten unbehagliche Blicke. Sie waren hier draußen ganz allein mit einem Mann, der nicht den Eindruck machte, als ließe er sich von irgendwelchen moralischen Bedenken leiten. Wenn er das Haus kannte, brauchte er die drei nicht mehr, um das Rätsel für ihn zu lösen – die Juwelen mussten in der Nähe des Pools versteckt sein, und bei der Suche brauchte er keine Hilfe. Zudem war er so wachsam, dass sie keine Chance hatten, ihn zu überrumpeln und ihm die Waffe wegzunehmen.

»Vorwärts!«, befahl er seinen Gefangenen. »Haltet Ausschau nach einem ockergelben Haus mit rotem Dach. Ich kann mich nicht mehr an die Straße erinnern, also müssen wir es suchen. Und lasst euch nicht einfallen, abhauen zu wollen, wenn euch euer Leben lieb ist.«

Sie machten sich auf den Weg. Die Sonne brannte auf ihre

Köpfe und Schultern, und die Luft war heiß, trocken und staubig. Justus stolperte ein paarmal und hinterließ Fragezeichen im Staub, aber er zweifelte daran, dass es etwas nützen würde. Wer sollte sie hier schon suchen? Und es war kein beruhigender Gedanke, dass Jezabel vielleicht doch hier war und die kleine Gruppe beobachtete. Wenn sie wirklich Casey Wye war, dann würde sie ihre verrückte Rache nicht aufs Spiel setzen, um ein paar lästige Halbwüchsige zu retten. Nicht, wenn sie Crowle erkannte und nur noch abwarten musste, bis er in die letzte Falle lief. Trotz der Hitze überlief es Justus kalt. Die letzte Falle – was war sie?

»Da«, sagte Peter. »Das Haus da drüben. Ist es das?«

Mit einer Kopfbewegung wies er auf ein Gebäude, das halb verfallen war. Es stand auf einem großen Grundstück im hochwuchernden gelben Gras. Die Mauern waren im Lauf der Jahre ausgebleicht, wiesen aber noch einen gelblichen Farbton auf. Die wenigen Dachziegel, die noch nicht heruntergefallen waren, leuchteten rot.

»Könnte sein«, sagte Crowle.

Sie stolperten durch das hohe Gras auf das Haus zu, gingen an den zerfallenen Mauern vorbei, bogen um eine Ecke und standen vor dem Pool.

Das war das Ende der Suche. Es gab keinen Zweifel. Hätte noch irgendjemand Zweifel gehabt, wären sie beim Anblick des Goldschatzes restlos verflogen.

Der Schatz befand sich an der hinteren Beckenwand. Das Becken selbst war eine nierenförmig in den Boden eingelassene Vertiefung von mindestens zwanzig Metern Länge. An der tiefsten Stelle ging es sicher drei Meter hinab. Dort, im Licht der Nachmittagssonne, glitzerten Hunderte von aufgemalten Goldmünzen auf den blauen Kacheln an der Wand.

»Tja«, meinte Crowle und grinste breit. »Das dürfte es sein.

Vermutlich ein Geheimfach irgendwo in der Nähe des Bildes.«
»Dann brauchen Sie es ja nur noch zu holen«, sagte Justus mit laut klopfendem Herzen.
Aber Crowle lachte nur. »Ich bin doch nicht blöd. Du da!« Er wies auf Bob. »Du gehst da hinunter und suchst das Geheimfach!« Mit einer raschen Bewegung stieß er Bob vorwärts.
Bob wurde blass. »Ich? Und wenn ich mich weigere?«
Eiskalt sagte Crowle: »Dann knalle ich einen deiner Freunde über den Haufen.«
»Damit kommen Sie nicht durch!«, rief Justus. »Die Polizei wird Sie schnappen und dann sind Sie dran!«
Crowle lachte nur höhnisch. »Bis die Polizei euch findet, bin ich längst über alle Berge. Glaubt ihr wirklich, ich hätte mir das hier nicht überlegt? Die alte Hexe wollte mich umbringen – stattdessen erwischen ihre Fallen drei dumme Bengel, die ihre Nase unbedingt in Dinge stecken mussten, die sie nichts angehen. Damit hat sie euch auf dem Gewissen, nicht ich. Und da sie auch schon tot ist, wird die Polizei nicht mal das Vergnügen haben, jemanden zu verhaften. Also, los jetzt! Ich habe nicht ewig Zeit!«
Bob warf Justus und Peter einen verzweifelten Blick zu, aber sie konnten ihm nicht helfen. Crowle trieb sie die Treppe hinunter ins Becken und befahl ihnen, stehen zu bleiben, während er Bob noch einige Meter weit folgte.
Hilflos mussten sie zusehen, wie Bob langsam und mit zitternden Knien auf den gemalten Goldschatz zuging. Diesmal konnte nichts von oben herunterfallen, und wahrscheinlich gab es auch keine Fallgrube, also musste der Schlag von vorne oder von den Seiten kommen. Aber so sehr er auch die schmutzigen Kacheln rechts und links absuchte – nichts war zu erkennen. Die anderen drei Fallen waren noch Warnungen gewesen, aber mit ihrer letzten Falle meinte Casey Wye es wahrscheinlich

bitter ernst und gab niemandem mehr eine Chance. Wie hatte Justus bloß glauben können, die verrückte Alte, die er getroffen hatte, sei eigentlich ganz in Ordnung?
Er blieb stehen. Die gemalten Goldstücke schienen ihm höhnisch zuzublinken. Bob versuchte zu schlucken, aber seine Kehle war wie ausgedörrt.
»Was?«, brüllte Crowle. »Weiter! Oder deine Freunde sind dran!«
Bob machte noch drei Schritte vorwärts. Er stand jetzt dicht vor der Wand mit den Kacheln und dem aufgemalten Schatz und verfluchte sich selbst, dass er den Verbrecher noch auf die Idee gebracht hatte, in die Geisterstadt zu fahren. Hier draußen konnte ihnen wirklich niemand mehr helfen. Er wischte sich den Schweiß von der Stirn und versuchte zu überlegen, während er die Kacheln absuchte.
Und dann sah er es – einen fadendünnen Spalt rings um eine der Kacheln direkt vor ihm. Jemand hatte die Kachel herausgeschnitten und wieder eingesetzt.
Ganz langsam hob Bob die Hand. »Hier.« Seine Stimme klang heiser. »Hier ist eine –«
In diesem Moment hörten sie das Heulen von Polizeisirenen, die rasch näher kamen.
Crowle starrte erst verdutzt, dann wild um sich – und verlor plötzlich die Nerven. Er stürzte vor und stieß Bob beiseite. Bob wartete nicht ab, was passieren würde, und rannte los. Peter und Justus warfen sich flach auf den Boden – keine Sekunde zu früh. Mit einem Ruck riss Crowle die Kachel aus der Wand. Es gab einen ohrenbetäubenden Knall, ein gleißender Blitz flammte auf und eine riesige Rauchwolke quoll aus dem Loch. Mit einem Aufschrei ließ Crowle die Pistole fallen, schlug die Hände vor das Gesicht und stolperte rückwärts.
Peter reagierte als Erster. »Auf ihn, Kollegen!«

Im Nu waren er und Justus auf den Beinen. Bob stellte Crowle ein Bein und er stürzte. Crowle war groß und kräftig, aber gegen alle drei konnte er sich nicht wehren. Nach wenigen Minuten gab er auf.

Für ein paar Sekunden war es totenstill. Dann tauchten rings um das leere Becken Dutzende Polizisten auf, zwischen ihnen Inspektor Cotta. »Nehmt ihn fest und ruft einen Krankenwagen«, befahl er, sprang in das Becken und marschierte auf die drei ??? zu. »Seid ihr in Ordnung, Jungs?«

»Ich glaube schon«, sagte Justus. »Peter? Bob?«

Die beiden nickten und standen auf. Alle drei waren sehr blass. Bob schaute zu Crowle hin, der stöhnend auf dem Rücken lag und die Hände noch immer auf die Augen presste. »Was – was war das?«

»Ein Magnesiumblitz«, sagte Justus. »Sehr gefährlich, wenn man mit ungeschützten Augen hineinschaut. Er wurde wohl durch das Herausreißen der Kachel ausgelöst. Du hast ziemlich großes Glück gehabt, Dritter.«

Bob konnte nur wieder nicken. Die drei ??? konnten noch gar nicht glauben, dass es nun vorbei war.

»Wie haben Sie uns gefunden, Inspektor?«, fragte Justus.

»Wir bekamen einen Anruf vom Los Angeles Police Department«, antwortete Cotta. »Sie fragten, ob wir etwas über drei Jungen wüssten, die sich ›Die drei ???‹ nennen. Als ich zugab, die Bande zu kennen, teilten sie mit, ein sehr aufgeregter junger Mann habe ihnen soeben erzählt, die Jungen seien in großer Gefahr. Sie hielten es für einen albernen Scherz. Ich hielt es für sehr wahrscheinlich und fuhr hin. Nachdem ich mir angehört hatte, was der junge Mann zu sagen hatte, bat ich um ein paar Einsatzwagen und fuhr mit den Kollegen hier heraus.«

»Hatte der junge Mann zufällig einen gebrochenen Arm?«, fragte Peter.

»Jetzt, da du es erwähnst – ja.«
Die Polizisten brachten Crowle zu der Treppe, die aus dem Pool herausführte. Er ging ohne Gegenwehr mit.
»Was passiert jetzt mit ihm?«, fragte Bob beklommen. »Ist er blind?«
»Das müssen die Ärzte im Krankenhaus feststellen«, sagte Cotta ernst. »So ein Blitz ist keine Kleinigkeit. Und danach wird er natürlich wegen Entführung angeklagt. Was wollte er von euch? Was bringt euch überhaupt in diese gottverlassene Gegend?«
»Das wissen wir noch nicht genau«, sagte Justus. »Mr Crowle erwartete, in dem Versteck in der Beckenwand etwas Wertvolles zu finden – einen Haufen Juwelen der Schauspielerin Casey Wye.«
»Dann werde ich mal nachschauen, ob sie auch wirklich dort sind. Ihr bleibt hier«, fügte er hinzu, als die drei ??? ihm schon folgen wollten. »Wer weiß, was noch alles in dem Loch steckt.«
Enttäuscht, aber auch erleichtert sahen Justus, Peter und Bob zu, wie er sich vorsichtig dem Versteck näherte, eine Taschenlampe einschaltete und in die dunkle Höhlung leuchtete. Er stutzte, dann griff er hinein und holte etwas Kleines, Flaches heraus, mit dem er zu den drei ??? zurückkehrte. »Nach einem Haufen Juwelen sieht das aber nicht aus«, sagte er.
Sie schauten sich an, was er gefunden hatte. Es waren zwei etwa handtellergroße Steinplatten. Cotta klappte sie auseinander, und ein Zettel flatterte heraus. Bob fing ihn rasch auf und faltete ihn auseinander. Nur vier Zeilen standen darauf.

Wasser leise schwappt. Ich möchte sehen, wie das Licht auf den Wellen glitzert. Aber wir wissen ja – der Pool ist schon lange leer. Hast du wirklich etwas anderes erwartet?
KCY

»Möchtet ihr mir das erklären?«, fragte Inspektor Cotta, nachdem sie den Zettel gelesen hatten.
Justus seufzte. »Natürlich, Inspektor. Jetzt sofort?«
»Nein. Kommt morgen Nachmittag in mein Büro. Soll ich euch nach Hause bringen lassen?«
»Nicht nötig, danke. Wir haben ein Auto.«
Er schaute sie noch einmal forschend an, dann nickte er. »Gut. Dann bis morgen.«

Es ist nicht alles Gold …

Langsam gingen Justus, Peter und Bob zum Käfer zurück. Dort angekommen, stiegen sie ein, aber sie fuhren nicht sofort los. Stattdessen sahen sie zu, wie ein Polizeiwagen nach dem anderen auf der staubigen Straße wendete und davonfuhr, bis die tote Stadt endlich wieder so verlassen war wie zuvor.
Dann stiegen sie wieder aus.
»Bist du wirklich ganz sicher, dass du das tun willst?«, fragte Peter.
Justus nickte. »Unbedingt.«
Es dauerte ein paar Minuten, bis er das Haus wieder fand. Im hellen Tageslicht sah alles ganz anders aus als in der Nacht. Aber schließlich entdeckte er den schäbigen Schuppen neben einer großen Villa und steuerte zielstrebig darauf zu. »So – und jetzt fragen wir sie, was sie sich dabei eigentlich gedacht –«
Er stockte und blieb stehen. Peter und Bob kamen zu ihm.
»Unvorsichtig, die Tür offen zu lassen«, sagte Bob. »Sagtest du nicht, sie sei sehr besorgt um ihr Zuhause gewesen?«
»Ja, das habe ich gesagt.« Justus ging auf die offene Tür zu und betrat den finsteren Schuppen. Auch das Dämmerlicht des Abends reichte noch aus, um zu zeigen, was er schon wusste.
Der Schuppen war leer. Alle Bilder, Kleider, Handtaschen und Schuhe, die zerbrochenen Vasen, zerrissenen Plastikketten und all die anderen liebevoll gesammelten Überreste vergangener Träume waren verschwunden. Auf dem Boden an der Wand lag eine dreckige Matratze. Es roch nach Staub und, ganz flüchtig, nach einer Spur von Lavendel.
»Sie ist weg«, sagte Justus bestürzt.
»Sieht so aus«, sagte Bob neben ihm.
Peter trat ein und schaute sich um. »Es sieht nicht mal so aus,

als hätte hier jemals jemand gewohnt. Auf der Matratze kann doch kein Mensch geschlafen haben! Bist du sicher, dass das der richtige Schuppen ist, Just?«

»Sie hatte eine bunte Decke drauf«, sagte Justus. Er sah sich um. Sein Blick fiel auf die Matratze. Er ging hinüber und hockte sich hin.

»Was jetzt?«, fragte Bob. »Willst du Mäuse aufstöbern?«

»Nein«, sagte Justus. »Ich will ein Rätsel lösen und es gibt kein anderes Versteck.« Mit einem Ruck hob er die Matratze hoch. Dort lag das Messer, mit dem sie ihn befreit hatte. Auf seiner Klinge steckte ein gefalteter Zettel. Justus nahm beides an sich, ließ die Matratze zurückfallen und stand auf. Er faltele den Zettel auseinander. In der sauberen, klaren Handschrift, die er schon kannte, stand da:

Es ist nicht alles Gold, was glänzt. K? CY.

»Und damit sind wir endgültig hereingefallen«, sagte Bob, der über seine Schulter spähte. »Dieses boshafte alte Weib! Na, ihre Rache hat sie gehabt!«

»Was!«, rief Peter. »Ist das alles? Ein blödes altes Sprichwort? Die Moral von der Geschichte, oder was?«

»So ein Mist.« Bob seufzte. »Na schön, lasst uns nach Hause fahren. Ich glaube, deine Tante Mathilda wird ziemlich wütend auf uns sein. Wir haben diese elenden Absperrgitter nicht entrostet.«

Justus sagte nichts. Der abgedroschene Spruch hatte ihn völlig entmutigt. Hatte er sich so getäuscht? Lachte sich irgendwo in Kalifornien jetzt eine alte Hexe ins Fäustchen, weil sie ihn zum Narren gehalten hatte? Er wollte nicht daran glauben – aber was hatte er denn erwartet? Dass sie ihn zu dem Schatz führte, den sie ihren eigenen Kindern verweigert hatte? Dass sie einen übergewichtigen jugendlichen Möchtegerndetektiv auch nur ansatzweise ernst nahm? Es war wohl am besten, nach Hause zu fahren und sich damit zufrieden zu geben, dass bei diesem bösen Spiel niemand tatsächlich ums Leben gekommen war. »Also gut«, sagte er seufzend. »Gehen wir.«

Auf dem Heimweg waren die drei Detektive recht still. Bob konzentrierte sich ganz aufs Fahren, um die schrecklichen Minuten im Pool zu vergessen. Peter ärgerte sich darüber, dass sie völlig umsonst auf Schatzsuche gegangen waren. Und Justus dachte nach. Über alles, was er über Casey Wye und ihr Leben wusste. Und je länger er darüber nachdachte, desto klarer wurde ihm, dass er sich diesmal doch geirrt hatte. Casey Wye gab es nicht mehr. Die Frau, die sich voller Hass an allen möglichen Leuten hatte rächen wollen, war tot. Es gab nur noch Jezabel, die die Bruchstücke fremder Träume sammelte und damit zufrieden war. Vielleicht waren Caseys Träume längst nur noch ein staubiges Bild in Jezabels umfangreicher Sammlung. Nicht mehr.
Aber trotzdem hatte sie ihm ein Rätsel hinterlassen. Ihm, Justus. Nicht den Männern, die sie verraten und hintergangen hatten.
Er holte den Zettel aus der Tasche und las ihn. Wieder und wieder.

Es ist nicht alles Gold, was glänzt. K? CY.

K? CY.
Warum das Fragezeichen? Warum der Punkt?
Ca?SeyWye.
Das ergab überhaupt keinen Sinn.
»Casey Wye«, sagte er versuchsweise.
»Hör bloß auf«, zischte Peter. »Von der will ich gar nichts mehr wissen.«

Justus zuckte mit den Achseln. »Ich werde das Gefühl nicht los, dass ich noch etwas übersehen habe.«
Peter gähnte. »Okay. Sag Bescheid, wenn du es herausgefunden –«
»Peter!«, schrie Justus so laut, dass Bob fast das Lenkrad verriss. »Was hast du da gerade gesagt?«
Peter zuckte zusammen. »Bist du verrückt, mich so anzuschreien? Ich habe gesagt, du sollst Bescheid sagen, wenn du es herausgefunden –«
»Nein! Du hast *Okay* gesagt!«
»Er ist wahnsinnig geworden«, stellte Bob fest. »Ich hab's immer gewusst.«
»Merkt ihr das denn nicht? Hört ihr es nicht? Ich war ja so blöd! O*kay*! *Ca*sey!«
»Justus!«, rief Bob. »Könntest du vielleicht mit dem Gezappel aufhören, sonst fahre ich in den Graben!«
Justus beachtete ihn gar nicht. »Es geht um die Abkürzung! Nicht den Namen! Die ganze Zeit ging es um den Namen, so dass ich die Buchstaben ganz vergessen hatte! K, C und Y! Wenn man sie ausspricht, ergeben sie nicht nur Casey Wye, sondern auch K-a-y, S-e-e und W-h-y! ›Kay‹ wie ›okay‹, ›See‹ heißt sehen und ›Why‹ heißt ›warum!‹ Es ist eine direkte Aufforderung – und das komische Sprichwort sagt, wo wir nachschauen sollen!«
»Kay«, versuchte es Peter. »See. Why. Könnte stimmen.«
»Das könnte nicht nur stimmen, ich weiß ganz genau, dass es stimmt! Dreh um, Bob! Wir fahren zurück!«
»Und wenn es wieder eine Falle ist?«, gab Peter zu bedenken.
»Warum sollte es eine Falle sein? Wir haben ihr geholfen, oder etwa nicht? Wir haben alle Rätsel gelöst und die Verbrecher überführt!«
»Also gut.« Bob fuhr bis zu einer Abzweigung, wendete und

fuhr wieder los. »Aber wenn du dich irrst, bezahlst du die Karten für das Peter-Gabriel-Konzert.«
»Ich irre mich nicht«, sagte Justus aus tiefster Überzeugung. »Diesmal nicht.«

Es war schon dunkel, als sie wieder in Penny Springs ankamen. Der Mond war noch nicht aufgegangen und nur das Licht der Taschenlampe wies ihnen den Weg zur Villa. Alles war still. Die tote Stadt lag verlassen da; die Polizeiwagen waren fort. Nur das niedergetrampelte Gras rings um das leere Schwimmbecken verriet noch, dass hier vor kurzem etwas geschehen war. Die drei ??? umrundeten das Becken und blieben an der Leiter stehen. »Du willst wirklich noch einmal da hinunter?«, fragte Peter.
Justus nickte. »Ich muss. Der Hinweis auf das Gold ist klar und deutlich. Irgendetwas haben wir übersehen.«
»Verzeihlich, würde ich sagen«, meinte Bob. »Schließlich waren wir alle ein wenig abgelenkt.«
Sie kletterten hinunter ins Becken. Der gemalte Goldschatz glitzerte im Schein der Taschenlampe. Sie drückten auf allen Kacheln herum und suchten nach Rissen, die andeuten konnten, dass eine weitere Kachel locker war. Aber so sehr sie auch suchten, sie fanden nichts. Bob leuchtete mit der Taschenlampe in die Höhlung hinter der ersten Kachel, aber sie war leer.
»Das gibt's doch nicht!«, rief Justus endlich. »Es muss doch hier sein! Es gibt keinen anderen Hinweis!«
Bob streckte die Hand aus. »Gib mir mal den Zettel.«
Noch einmal lasen sie die wenigen Worte. »Wenn es nicht das Gold ist, was kann es dann sein?«, fragte Peter. »Vielleicht die Tatsache, dass es ein Sprichwort ist? Oder wieder ein uralter Film, den kein Mensch mehr kennt?«

»Oder das Glänzen.« Bob schüttelte den Kopf. »Diesmal verstehe ich es wirklich nicht, Justus.«
»Lasst mich mal überlegen.« Justus lehnte sich an die Beckenwand und verschränkte die Arme. »Was wissen wir über Casey Wye?«
»Dass sie einen praktischen Namen hat und verrückt ist«, erwiderte Peter sarkastisch.
»Sie hat einen Hang zu Rätseln«, ergänzte Bob.
»Schau hinter die Dinge«, murmelte Justus. »Alles sind nur Fetzen, das Zeug selbst ist Müll.«
»Wie bitte?«
»Das sind ein paar Dinge, die sie mir gesagt hat. Wenn nun das Sprichwort selbst gar nicht das ist, worauf es ankommt? Was ist hinter einem Sprichwort?«
»Irgendeine abgedroschene alte Wahrheit eben«, sagte Peter.
»Aber vielleicht muss man es anders herum betrachten.«
»Wie, soll ich den Zettel umdrehen?«
»Nein, aber vielleicht die Bedeutung.«
»Und wie?«, fragte Bob.
»Warte mal«, sagte Justus. »Das könnte es sein! Die ursprüngliche Bedeutung ist doch, dass sich Dinge oft als viel weniger großartig entpuppen, als sie zuerst scheinen.«
»Na, das hat dieser gemalte Haufen Gold doch schon getan«, sagte Bob.
»Aber vielleicht muss man es aus einem anderen Blickwinkel betrachten.«
»Tolle Idee«, sagte Bob. »Wie soll das bei einem Sprichwort funktionieren?«
Justus überlegte. »Vielleicht … muss man die Perspektive ändern. Vielleicht geht es gar nicht um das Gold, das glänzt, sondern um etwas anderes, das …«
»Auch glänzt?«, schlug Peter vor.

»Auch glänzt. Zum Beispiel Wasser.«
»Wir müssen dafür aber nicht den Pool neu füllen, oder? Es könnte ja auch etwas anderes sein.«
»Gib mir mal die Taschenlampe, Bob.« Justus drehte sich um und ließ den Lichtstrahl langsam über die Wände des Beckens wandern. Nirgends glänzte etwas auf.
Justus stellte sich unmittelbar vor den gemalten Goldschatz, kehrte ihm den Rücken zu und versuchte es noch einmal. Langsam glitt das Licht über getrockneten Schlamm, über Staub und Blätter, dann höher und über die Kacheln …
»Da!« Peter packte Justus' Arm. »Da war etwas!«
»Was? Wo?«
»In der Mitte. Es hat ganz kurz aufgeblitzt!«
Sie rannten hinüber und suchten die Kacheln ab. Bob fand es schließlich: eine kleine Vertiefung am unteren Rand einer Kachel. In der Vertiefung saß ein glänzender Messingknopf, der aussah, als wäre er gerade frisch poliert worden.
»Und wer drückt da jetzt drauf?«, fragte Peter. »Ich habe keine Lust auf noch einen Magnesiumblitz!«
»Ich mach's«, entschied Justus. »Geht zur Seite!«
»Das gefällt mir aber nicht«, wandte Bob ein. »Ich traue dieser alten Hexe nicht! Wer weiß, was sie dahinter versteckt hat!«
»Das werde ich jetzt herausfinden«, sagte Justus und drückte auf den Knopf.

Caseys Vermächtnis

Drei Tage später saßen Justus, Peter und Bob im Garten von Miss Bennett und aßen Kirschkuchen. Eigentlich war der Kuchen nur als Dank für die Hilfe gedacht gewesen, aber die Büchereileiterin hatte sich so darüber gefreut, dass sie die drei Detektive sofort einlud, den Kuchen mit ihr gemeinsam zu essen. Das ließen sie sich nicht zweimal sagen, und der Kuchen schrumpfte beängstigend schnell zusammen, während sie Miss Bennett die Geschichte von Casey Wyes Racheplan erzählten. Die Büchereileiterin hörte aufmerksam zu. »Das ist ja eine seltsame Geschichte«, meinte sie schließlich. »Eine für tot erklärte Frau rächt sich an einem geldgierigen Schurken, der ihr aber eigentlich gar nichts getan hat. Und während alle ›guten‹ Leute versuchen, euch von dem Fall abzubringen, zwingt euch der Schurke dazu, weiterzumachen und ihm auf die Schliche zu kommen! So etwas habe ich ja noch nie gehört!«

»Das hat er ja nur getan, damit wir an seiner Stelle die Fallen auslösen«, erklärte Justus. »Er hatte schon bei seinem Kletterversuch am Hollywood-H gemerkt, dass mit dieser Schnitzeljagd etwas nicht ganz stimmt. Und als er feststellte, dass wir uns für den Fall interessierten, spannte er uns eben für seinen Zweck ein.«

»Wie fand er denn heraus, dass ihr Detektive seid?«

»Indem er dasselbe tat wie wir – er besuchte die beiden Wachmänner. Damit ging er zwar ein Risiko ein, aber er wollte diese Biberpfote unbedingt wiederhaben und musste wissen, wer sie mitgenommen hatte. Außerdem vermutete er, dass einer der beiden Wachleute etwas mit dem Bettlakengespenst zu tun hatte, und das stimmte auch. Oliver Taper hatte den Job extra angenommen, um die Falle vorbereiten zu können.«

»Aha«, sagte Miss Bennett und schenkte sich noch ein Glas Orangensaft ein. »Ich dachte mir schon, dass dieses Bettlaken nicht seit sieben Jahren da oben befestigt war.«

»Nein, erst seit der Testamentseröffnung, bei der der Brief als Köder ausgeworfen worden war.«

»Jedenfalls entdeckte Crowle in dem Wachhäuschen unsere Visitenkarte und nahm sie mit«, sagte Bob. »Er wollte die Biberpfote zurückholen und brach auf dem Schrottplatz ein. Und dabei nahm er Justus gleich mit, damit der das nächste Rätsel für ihn löste.«

»Und die Lösung führte ihn ins Hotel ›Pacific Pearl‹ – und geradewegs zu Oliver Taper, der seine Falle kontrollierte«, fuhr Peter fort. »Da war Crowle sofort klar, wer das ›Gespenst‹ auf ihn gehetzt hatte. Er ging auf Taper los und im Kampf fiel Taper durch das Loch in der Treppe. Crowle machte sich schleunigst davon.«

»All diese Leute können froh sein, dass niemandem etwas Schlimmes passiert ist«, sagte Miss Bennett streng. »Taper, Crowle, Casey Wye – sie hatten allesamt Glück, dass ihr ihnen in die Quere gekommen seid! Sonst ständen sie jetzt wegen Mordes vor Gericht!«

»Casey vielleicht nicht«, sagte Justus. »Sie ist ja offiziell tot.«

»Aber du sagtest doch, dass diese verrückte Alte – Jezabel – in Wirklichkeit Casey Wye ist. Sie wird doch wohl verhaftet worden sein!«

»Soweit wir wissen, nicht. Die Polizei sucht noch nach ihr.«

»So etwas Verrücktes.« Miss Bennett schüttelte den Kopf. »Und das alles nur wegen ein paar Juwelen, die sie schon längst an ihre Tochter verschenkt hatte.«

»Nun ja«, sagte Bob. »Eigentlich war es ja nicht wegen der Juwelen, sondern wegen des Drehbuchs, das sie angeblich geschrieben hatte. Das war ihr wichtiger als alles andere. Diese

Geschichte hat ihr Leben zerstört – sie wollte nur Rache, sonst nichts.«

»Verrückt«, wiederholte Miss Bennett und verteilte noch mehr Kirschkuchen. »Na, ihre Rache hat sie gehabt. Und ihr habt mal wieder einen Fall aufgeklärt – auch wenn es diesmal weder Schatz noch Finderlohn gab!«

Eine kurze Pause folgte. Justus, Peter und Bob wechselten Blicke. Miss Bennett schaute von einem zum anderen und runzelte die Stirn. »Bekomme ich da gerade etwas nicht mit? Ihr habt doch in dem Geheimfach keine Juwelen gefunden!«

»Nein, keine Juwelen.« Justus zögerte, dann beugte er sich zu seinem Rucksack hinunter und zog ein flaches, in altes Packpapier gewickeltes Paket heraus, das er auf den Tisch legte. »Aber das hier.«

Misstrauisch betrachtete Miss Bennett das Paket. »Was ist das? Ich fasse es nicht an – nachher explodiert es mir in den Händen!«

Die drei ??? grinsten. »So ähnlich ging es uns auch«, sagte Peter. »Aber es ist tatsächlich harmlos. Sie mochte Just wohl ganz gut leiden.«

»Hm«, machte Miss Bennett, noch nicht ganz überzeugt. »Was ist es denn nun?«

»Wir nehmen an, es ist eine Art Vermächtnis«, sagte Bob, während Justus das Paket öffnete. Zum Vorschein kam ein Stapel bräunliches, mit Schreibmaschine beschriebenes Papier. »Aber wir wissen nicht so recht, was wir damit anfangen sollen.«

Keine Büchereileiterin der Welt konnte angesichts eines Stapels von bedrucktem Papier unbeteiligt bleiben. Miss Bennett zog das oberste Blatt zu sich heran und las: »*Rosamunds Rache. Ein Drehbuch von Jezabel.* – Aber das – das ist ja fantastisch! Ein Originaldrehbuch! Von Casey Wye! Jungs, da habt ihr doch einen Schatz gefunden! Das ist großartig!«

Aber die drei ??? drucksten nur weiter herum. »Nun ja«, sagte Justus schließlich, »die Sache ist die: wir haben es gelesen. Und es ist … nicht wirklich so großartig.«
»Eigentlich sogar ziemlich wenig großartig«, fügte Bob hinzu. Und Peter sagte: »Es ist eine Katastrophe. Das Schlechteste, was wir je gelesen haben. Kitschig, verworren, unlogisch und völlig daneben.«
»Also können wir es niemandem anbieten«, sagte Justus. »Und wissen Sie was – je länger ich darüber nachdenke, desto mehr glaube ich, dass Jezabel das auch wusste.«
»Aber warum hat sie es euch dann überlassen?«, fragte Miss Bennett völlig verwirrt.
»Naja«, sagte Justus, »es sind nur Fetzen. Ein bisschen Papier mit Schrift drauf. Aber dahinter ist eine Geschichte. Und deshalb glaube ich, dass wir es einfach in unserer Zentrale aufbewahren werden. Als Andenken.«
»Und als Warnung«, sagte Bob und grinste plötzlich. »Damit keiner von uns auf die Idee kommt, aus einem unserer Fälle etwa ein Drehbuch zu machen.«